令和元年の
人生ゲーム
麻布競馬場
文藝春秋

目次

第1話　平成28年　5
第2話　平成31年　47
第3話　令和4年　105
第4話　令和5年　163

装丁　佐藤亜沙美
装画　ＫＵＲＯ

令和元年の人生ゲーム

第1話　平成28年

２０１６年の春。徳島の公立高校を卒業し、上京して慶應義塾《けいおうぎじゅく》大学商学部に通い始めた僕は、ビジコン運営サークル「イグナイト」に入った。企業から協賛金を集め、大学生が持ち寄ったビジネスプランを競わせるビジネスコンテスト、略して「ビジコン」を運営するサークルは「ビジネス感覚が身につくし、社会人とのコネもできる」「数百万の予算を動かし、大きなチームの一員として何かに取り組む経験ができる」という触れ込みで、意識の高い新入生たちの間でさっそく注目を集めていた。

「キミのココロに、点火する。」入学式から数日間続いたオリエンテーションの最終日。15時から大教室で始まったイグナイトのサークル説明会でそのキャッチコピーがスクリーンに大映しになった瞬間、会場のあちこちから熱っぽいざわめきが起こった。イグナイトが毎年9月に開催している「IGNITE YOU」は数あるビジコンの中でも特に名門とされ、東大や早慶といった有名大学から１００を超えるチームが応募してくる。そんな名門ビジコンの運営サークルには、参加者に負けないくらい優秀な人が集まるようで、説明会で自慢げに紹介されたＯＢＯＧの就職先には錚々《そうそう》たる日系大手企業が並んでいた。メインの活動は日吉《ひよし》キャンパスに通う１、２年生が主体となっていて、所属メンバーは70人程度だという。

「イグナイトは自由なサークルです。他のサークルや体育会との掛け持ちもウェルカムです。でも、これだけは覚えておいてください。僕たちは、本気《マジ》です。日本のビジネスシーンを、大学生の力で、本気で変えたいって、本気で思ってる。だから、生半可な気持ちの人には向いてないんじゃないかな。それでも本気で入りたいって人は、ぜひうちでチャレンジしてみて欲しい。以上です」

法学部政治学科の2年生で、イグナイト代表の吉原《よしはら》さんという人がスーツ姿で挨拶すると「吉原やばいって！」「さすがに尖りすぎだろ！」と、ステージ脇に控えるサークルのメンバーらしき男たちが大きな声を上げていた。

そんなふうに盛り上がる彼らを、数歩離れたところでひとり腕を組み、ニヤニヤ笑いながら見ている男がいた。彼がふちなしメガネの奥で、人を馬鹿にしたような、見下したような目をしているのは、教室の後ろのほうにいた僕からでも分かった。数秒見遣って気が済んだのか、彼の目線はステージ上の吉原さんに移った。そしてそのまま、さっきまでとは少し様子の違う表情で、彼は吉原さんのことをじっと見つめていた。

その日の夜に渋谷の宇田川町《うだがわちょう》の大箱イタリアンを貸し切って開かれた、イグナイトの新歓飲み会でのことだ。会も終わりかけのころ、僕はトイレ待ちの行列に並んでいた。店内で唯一のトイレには先客がもう5分間は立《た》て籠《こも》っていて、ノックしても反応がない。僕は、尿意がまだ遠くにあることに安心しながら、慣れないビールに酔った頭がじんじんと痺れる心地よさに任せて、安っぽい立食パーティーが発する喧騒《けんそう》をぼんやりと聞いていた。

「うちに入るの？」

突然後ろから声をかけられて、びっくりして振り返る。あの腕組みニヤニヤ男だった。左胸には「沼田《ぬまた》　経済学部2年」と汚い字で書かれたガムテープが貼られ、薄い眉毛の下の、フチなしの分厚いメガネのレンズは皮脂で白く濁って変な光り方をしている。この人とはあまり深く関わらないほうがいい、と直感で判断した。

「そのつもりです」

「あの吉原の大演説に、まさか感動したんですかぁ？」

吉原、という名前を歪《ゆが》んだ唇の隙間から吐き出した途端に、説明会で見た意地悪な表情が彼の顔に戻ってきた。僕は一瞬悩んだのち、努めて無表情を保ったまま言った。

「……しましたよ。真面目でアツい人、僕は好きなんで」

たしかに、吉原さんのスピーチは正直だいぶイタかった。でもそれ以上に、ああいうみっともなさを伴うアツさを「意識高いね」とか言って、後ろ指差して笑う冷たい空気が僕は大嫌いだった。沼田さんのことはまだよく知らないが、彼こそがその悪しき象徴に違いない。こうなりたくないし、こうなるべきではない――イグナイトに入り、この人とは対極の存在になることが僕の進むべき正しい方向なのだと、そのとき僕は確信したのだった。

「真面目ねぇ」

沼田さんは、僕の発言を拾い上げて投げ返してきた。

「あんな不真面目なやつ、いないと思うけど」

そう沼田さんは続けたので、僕は耳を疑った。ちょうどトイレから先客がゾンビみたいに這《は》い出《で》てきたし、もうこれ以上彼と話したくなかったから、僕は沼田さんに軽く会釈してそのままトイレに入ってしまった。

＊

飲み会の翌週、僕は日吉キャンパスで毎週木曜日の夕方に開催されているという定例ミーティングに顔を出すことにした。会場はサークル説明会と同じような階段状の大教室で、その日は1、2年生が40人くらい参加していた。

2時間ほどの定例ミーティングを仕切るのは、例によって代表の吉原さんだ。前回はスーツ姿だったが、今日は黒いパーカーに黒いエアマックスという出で立ちで、ずいぶんカジュアルでオシャレな私服が意外だった。手首には高そうなシルバーのアクセサリーを巻いている。スマホでこっそり調べたらエルメスのもので、15万もするようだ。「なるべく多くの時間をイグナイトのために使いたいからバイトはしていない」と新歓飲み会で言っていたし、親が借りてくれた武蔵小杉《むさしこすぎ》のタワーマンションに住んでいるという噂だったから、吉原さんはいいとこのお坊ちゃんなのだろう。

吉原さんは、落ち着いた低い声で議事を進行した。誰かが話しているときはもちろんのこと、自分のプレゼン中もPCの画面を凝視したりはせず、二重のぱっちりした目で出席者一人ひとりの目をじっと見つめるのが印象的だった。新入生の女の子たちから「吉原さんイケメン!」とさっそく人気を集めていた。スラリとした高身長、大学生には珍しく前髪をきちんと上げておでこを出した清潔感のある髪型、細くて長い首に太い喉仏。そして誰にでも分け隔てなく接する誠実で優しい性格。吉原さんは、これまで僕が見てきた中で最も「完璧」に近い人間だった。


スポンサー営業なんかの進捗共有がひと通り終わると、最後の30分でビジネスに関する勉強会が行われる。発表者は持ち回り制で、その日は平井《ひらい》さんという文学部の2年生が担当だった。

「えー、今日はですね、ソーシャルグッド系ベンチャーについて発表します」

平井さんは、ベンチャー企業のロゴステッカーがベタベタと貼られてリンゴマークが見えなくなったMacBookをプロジェクターに繋《つな》いでプレゼンを始めた。このあいだの新歓飲み会では泥酔して、上半身裸で発泡酒のピッチャーを一気飲みしていた平井さんだったが、今日は情報がぎっちりと詰まったプレゼンを淡々と行い、その後のフリーディスカッションでもみんなからのフィードバックを真剣に聞いてメモを取っていた。

僕はやっぱりこのサークルの雰囲気と、ここにいる人たちが好きだ。みんな自分の人生に対して真面目で、それでいて「うちは宗教サークルって呼ばれてるから」だなんて、その真面目さを自虐《じぎゃく》して笑う余裕もあった。ここには誰にでも居場所があって、お互いにリスペクトの気持ちを持っていることが感じられた。そして何より——周囲から「意識高い」と笑われても気にすることなく、学びや経験を通じて圧倒的に成長してやろうという清々《すがすが》しい意欲が、そこには満ちていた。

僕が上京することが決まると、父親は晩酌《ばんしゃく》中に「大学は人生の夏休みだ」と言って聞かせてきた。地元の徳島大を出て、そのまま地元の地銀に就職した彼によると、「どうせ社会人になったらその先40年は働かなければならないのだから、大学生の間は人生最後の夏休みだと思って、授業なんて適当にサボって、徹夜でマージャンをやったほうがいい」のだという。実際、彼自身もそういう怠惰な大学生活を送っていたそうだ。

しかし、僕はそうは思わなかった。大学時代は将来にとって意味のある、価値のあることをしなければならない。だって、僕はこれまでの人生で十分に努力して、名門大学に現役で合格するという成果をようやく得たのだ。それなのに、大学４年間遊び惚《ほう》け、就活に失敗し、微妙な会社の内定しか取れないだなんてことがもし起きたりすれば、せっかくこれまでの18年間で積み上げてきたものが全て無駄になってしまうじゃないか。そもそも、夏休みといえば遊ぶもの、という前提からしっくり来ていない。塾の夏期講習なんかがあったから、夏休みに存分に遊べたのは、小学校低学年くらいまでだった気がする。

だから僕は、迷わずイグナイトを選んだ。きっと、僕の人生には無限の可能性がある。「活躍する先輩社員」みたいな感じで大きな会社の新卒採用ページに載るかもしれないし、役員や社長にだってなれるかもしれない。そんな未来に辿り着くためにも、父親のように徹夜でマージャンをするのではなく、ビジコン運営サークルで圧倒的に成長する大学生活を選んだのだった。

「みんなとっくに理解した上で黙ってると思うんですけどぉ、ソーシャルグッドとかって、偽善じゃないですかぁ？」

だから、腕を組んでニヤニヤしながら、誰かの頑張りを馬鹿にしてばかりの沼田さんのことが、どうしても好きになれないのだろう。今日の沼田さんは、目の覚めるような鮮やかなグリーン地に「Chill Out...」と白字でプリントされたピチピチのＴシャツを着ていた。

「やべっ、沼田劇場始まっちゃったか〜」

平井さんが困惑したように両手を頭の後ろに組んでそう言うと、みんな笑った。沼田劇場という言葉はその時初めて聞いたけど、それがどういう「劇場」なのかはすぐに分かった。

「色々と綺麗ごとを言ったところで、資本主義社会において最優先されるのって、結局は利益追求じゃないですかぁ」

つまり沼田さんは、ソーシャルグッド系ベンチャーなんてものは所詮、困っている人たちをダシにしてお金を稼ぎ、そのくせブランドイメージだけは良さそうに見せる罪深き偽善なのだと指摘した。彼の理路整然とした主張の中に反論の余地を見つけることは難しかったし、自らの主張を補強するための事例をいくらでもポンポンと出してくる知識量にも圧倒されてしまった。でも何だか、この人の言うことをそのまま受け入れたくないという生理的な抵抗感を覚えた。

「では沼田先生、山積する社会問題に対して、企業はどのようなスタンスを取るべきなのでしょうか？」

沼田さんは、そんな平井さんの牽制《けんせい》に怯《ひる》まないどころか、より一層ニヤニヤしながら両手の掌を顔の横に掲げた。

「そんなこと、僕に聞かないでくださいよぉ！　ここはビジコン運営サークルであって、起業研究サークルじゃないでしょう？　今日は初めて定例ミーティングに参加する新入生も多いと思うので改めて問題提起しますけど、たかがビジコン運営サークルにこんな勉強会、必要ですかねぇ？　こんな無駄なビジネスごっこに時間を使うくらいなら、吉原大先生みたいにご自分で起業されたほうがよっぽど有意義だと思いますけど」

そう言うと沼田さんは、次はお前が反論する番だとでも言わんばかりに、教室の一番前で、こちらを向いて座っている吉原さんのほうを見た。

「そうですね、確かに僕も、自分のビジネスを立ち上げ、グロースさせてゆくための試行錯誤の中で、多くのことを学びました。ただ、今思うのは、起業するにしろ、もっと視野を広げて、知識を深めて、マーケットの選定段階からもっともっと考えていれば、また違った結果になったのかなと。そういう点でも、僕はこの勉強会に意味があると思う。意味がないものになってるとしたら、工夫してちゃんと意味があるものに……いや、この言い方だと、平井の発表が意味ないみたいに聞こえちゃうかな」

一同爆笑。平井さんは不服そうな顔で、時間稼ぎをするサッカーの選手みたいに両手を大きく広げて抗議の意を表明し、もうひと笑い取っていた。

「でも、沼田の言ってるとおりでもあって。イグナイトの活動のほとんどは自由参加です。最初のうちはとにかく何でもやってみるというのでもいいけど、全体感が見えてきたら、自分にとって必要だと思う活動を見極めて、それに集中して打ち込むというのもアリだと思ってます。イグナイトは手段です。イグナイトを使って、みんながなりたい自分を実現してくれたら、代表としては嬉しい限りです」

　おぉ〜、と出席者が沸いた。完全勝利。一切のスキのない、まったくの正論だった。吉原さんは照れ隠しでもするように不器用にはにかみながら、右手を上げてそれに応えた。その美しい決着に満足したくて、僕はもう沼田さんのほうを振り返ることすらしなかった。

＊

　勉強会が終わると、アフターと称して予定のない人たちで飲みに行くことになっているらしい。日吉駅のあたりには、30人程度ならすぐに入れる安居酒屋が無数にあるから、その日も皆でイグナイトの行きつけだという焼き鳥屋さんに向かった。見回してみたものの、ゾロゾロと店内に入ってゆく集団の中に沼田さんの姿はなかった。

「沼田さんって、あんまり飲み会とか来ないんですか？」

　同じテーブルにいた平井さんに、僕はそう尋ねてみた。飲み始めてまだ30分も経っていないというのに、周囲から煽《あお》られるままに序盤から景気よく一気飲みを繰り返していた平井さんの顔は早くも真っ赤になり、呂律《ろれつ》もやや怪しくなっていた。

「沼田？　いや、普段は全参加の勢いだよ。今日はバイトじゃなかったっけ。ほら、中目黒のさ、何だっけ、グルテンフリーのハワイアンカフェ？」

　僕に聞かれても困る。しかし、その珍妙なバイト先よりも、あの沼田さんが飲み会にはちゃっかり参加していることに僕は驚いてしまった。それを察してか、平井さんはビールを一口飲んで喉を潤すと、酒臭い息を僕の顔に吹き付けながら話し始めた。

「勘違いしてるようだけど、沼田はただのツンデレだよ。今日の件も含めて、あれは全部、愛ゆえなんだよ、愛！　聞いてない？　最初はあいつがイグナイトの代表になりかけてたんだから」

　平井さんが言うにはこうだ。

　沼田さんはイグナイトに入ったばかりのころは、皮肉っぽい面は多少ありつつも、素直にアツくなれるタイプの人だったそうだ。勉強会のテーマを事前に確認して文献を読み込んだり、みんなが面倒臭がる会計やホームページ管理を進んで引き受けたり。15人の同期の中でも沼田さんは頭ひとつ抜けた存在で、きっと彼が来年のイグナイトの代表になるだろうと、誰もがそう思っていたのだという。

　そんな状況がすっかり変わってしまったのは、その年の9月の「IGNITE YOU 2015」が終わった頃だった。吉原さんがイグナイトに入ってきたのだ。

「聞いたことない？　吉原が『現役』高校生起業家だったって。界隈では結構有名だったんだよ」

　吉原さんは僕の予想した通り、由緒正しいお家の出なのだそうだ。おじいちゃんが戦後すぐに肥料の会社を興して成功して、お父さんは通産省官僚を経て会社を継いで、三代目と目される吉原さんは、家族の後押しもあって高校1年生のときに起業した。小学校から立教《りっきょう》の付属校に通い、中高生のうちから高級ブランドのファッションを愛用していた彼が、そのセンスを生かして国内で買い集めた古着を東アジア向けに販売するという、いわゆる越境ECビジネスだったらしい。

「育ちもツラもいいオシャレなお坊っちゃまがさ、腕組んでビジネス雑誌に載って『サラリーマンは正直オワコン』とか、ドヤ顔で語るわけよ。どうなると思う？」

　ネットでボコボコに叩かれたらしい。匿名《とくめい》掲示板には連日アンチスレが立ち並び、そこに同級生を名乗る人が真偽も定かではない暴露なんかを書き連ねた。炎上のせいか、あるいは元々筋のよくない事業だったのか、とにかくその事業は1年半ほどでクローズという結末を迎えることとなり、現役高校生起業家による挑戦は、彼がまだ「現役」高校生のうちに終わってしまった。

そうして吉原さんは失意の中、居辛さから逃れるためか、エスカレーター式に立教大学には進学せず、AO入試で慶應に入った。

転落した「元」高校生起業家は、それでもなおビジネスの道を諦めてはいなかったらしく、あちこちのベンチャー企業でインターンをやったりしていたようだが、彼の再起を賭けた無数の取り組みの一つに「IGNITE YOU」への参加もあった。3、4人でチームを組むコンテストに、吉原さんは一人でエントリーした。

「そこでさ、伝説の起業家みたいなおじさんがゲスト審査員で来てたんだけど、一周回って痛快なぐらいに吉原のプランがディスられてさ」

――君のかつての起業のことも聞いている。今回の事業計画も見せてもらった。残念だけど現状では君の事業が成功する見込みはない。こうして一人で来るというのは、1人でやり遂げられるという傲《おご》りがあるんだ。本気で成功したいなら、いい仲間を見つけること。まずは、チームで何かするということを学ぶといい。たとえば、このビジコンの運営サークルに入るでも、なんでもいい。

伝説の起業家とやらが言った、その「たとえば」の話を、吉原さんは素直に信じたらしい。翌日、吉原さんはイグナイトに入会を申し込んできた。こんな時期の新規入会は異例だったけれど、どうやら相当本気らしく、インターンも全て辞めて、イグナイトにフルコミットするつもりだという。こうして、吉原さんは「遅れてきた超大型新人」としてイグナイトの一員になった。

「それまではさ、日頃の頑張りもあったから、新代表は沼田で間違いないだろうってみんなも思ってた。きっと沼田本人も、そう思ってたんだろうな」

沼田さんが「慶應の意識高い系サークルの代表」という栄冠を手にすることはなかった。そりゃそうだ。あんな「完璧」が人の形をして歩いているような吉原さんが入ってきたら、全部持っていかれるのがオチだ。

とはいえ、実のところ吉原さんはお世辞にも頭が切れるというタイプではなかった。さっきのフリーディスカッションでも、真剣な表情で議論に参加する吉原さんの発言には明らかに頓珍漢《とんちんかん》なものが多く、平井さんが「つまりこういうことですよね」と発言の趣旨を確認し、周囲がその様子を気まずそうに見守っていることが何度もあった。ただ、吉原さんは真面目だった。それまで沼田さんが全部やっていた雑務を片っ端から手伝ったり、勉強会でもビジネスに関する知見を謙虚に吸収したりと、何事にも情熱を持って、とにかく真面目に取り組んでいた。そんな吉原さんを見て、メンバーたちはみんな、すっかり彼のファンになってしまった。

翌年3月の代表選挙では、みんなの予想通り沼田さんと、それから吉原さんが立候補した。「吉原が優勢だろうけど、それなりに拮抗するんじゃない？」と、立候補者ふたりを大教室の壇上に立たせて行われた開票の結果、見てられないくらいの大差で吉原さんが圧勝した。沼田さんには3票しか入らなかった。教室には気まずい空気が満ち、沼田さんは壇上で、自分を選ばなかったメンバーたちのことを、黙ってただじっと眺めていたという。

「そこからかな、沼田があんな感じになっちゃったの。それまでやってくれてた雑務も全部放り出して、持ち回り制の勉強会の発表も断固拒否して、今はもう、サークルのためには何もしない人間になっちゃったけどさ。それでもイグナイトを辞めずにいるのは、あいつなりにイグナイトへの愛を持ってるからだと思うんだ」

なんだか恥ずかしいことを告白したかのように、平井さんはただでさえ細い目を照れ笑いでギュッと線にして、グラスに半分残った発泡酒を全部飲み干した。

「カラオケ行くぞ！」と叫ぶ先輩たちに捕まって二次会へ連行され、そこでも鏡月なんかを散々飲まされた。みんな朝まで盛り上がる勢いだったが、僕は0時半の終電で帰ることにして、タバコ臭いカラオケ屋をこっそりと抜け出した。目黒線の各停に乗って、3駅先の新丸子駅で降りる。一つしかない改札を出て、数分歩いて角をひとつ曲がれば、僕が住んでいる古いマンションに辿り着く。その4階が僕の部屋だ。狭い1Kの南向きの窓からは、背の低い雑居ビル越しに、ここ数年で急速に増えたらしい武蔵小杉のタワマンがいくつも見える。あの中のどれかに吉原さんが住んでいるのだろう。

なんとなく、そのまま電気をつけずにベランダに出る。4月の夜は少し肌寒いが、風が気持ちいい。

「イグナイトを使って、みんながなりたい自分を実現してくれたら」

吉原さんの整った顔が浮かぶ。「元」高校生起業家は、イグナイトで一体どんな自分を実現するつもりなんだろうか？　ビジコン運営を通じて仲間を作り、いつの日か、伝説の起業家とやらにリベンジマッチをやるつもりなんだろうか？

「イグナイトを使って、みんながなりたい自分を実現してくれたら」

沼田さんの顔も浮かぶ。彼は代表選挙の開票の日、一体どんな気持ちでメンバーたちを見つめていたんだろう？　そもそも彼はなぜ、未だにイグナイトにいるんだろう？　イグナイトでどうなりたいんだろう？　あんなことがあっても、しかし今でも実は吉原さんやメンバーのことを愛している？　でもそんな人が、あんなふうに吉原さんを見下したような態度を取るだろうか――。

「イグナイトを使って、みんながなりたい自分を実現してくれたら」

では、僕は？　僕はどうなりたいんだろう？　親に言われるがままに小学4年生から塾に通って、中学では何となく軟式テニス部に入ったけどすぐ辞めてしまって、暇だったから勉強してたら地元で一番の県立高校に受かって、そこでも帰宅部で暇だったから勉強して……そこに僕の意志はあったのか？

「イグナイトを使って、みんながなりたい自分を実現してくれたら」

圧倒的に成長して、いつか起業して、成功してお金持ちになって、あのタワマンに住みたい？　本当にそうなれる自信はある？　吉原さんすらうまくやれなかったのに？　それとも、多くのＯＢＯＧみたいに、有名な会社に入ってエリートサラリーマンになりたい？　ドラマで見たような熾烈な出世競争を勝ち上がったら、あのタワマンくらいには住めるだろうか？　本当にそうなれる自信はある？　高校の同級生の中にすら、僕の大学を滑り止めにして、東大に進学したような連中がいるのに？

もう寝よう。真っ暗な部屋に戻り、ベッドに転がると、すぐに意識は溶けて消えた。

＊

５月に入るとイグナイトの活動が本格化してきて、僕は抽象的な問いから逃げることができた。忙しく手を動かしている限りは、頭を動かしていなくても許される気がした。

「ごめん、お待たせ」

混雑した昼休みの学食。４人掛けのテーブルでぼんやりとスマホをいじっていたら、村松《むらまつ》が近付いてきた。彼はイグナイトの同期で、学部も一緒だからこうやってよく一緒にお昼ごはんを食べている。僕は日替わりの鶏竜田揚《とりたつたあ》げ定食、村松はタコライスにした。

「候補者のリストアップ、済んだ？」

「一応やった。10人とか全然埋まらなくて、普通に孫《そん》さんとか三木谷《みきたに》さんとか入れちゃったけど。ホリエモンってもう出所してるんだっけ？」

そう言うと、村松はスマホでホリエモンの近況について検索し始めた。9月の終わりのコンテストに向けてゲスト審査員を決めるべく、話題性や実現可能性を考慮しつつアタックリストにまとめて、順に打診してゆくのだそうだ。僕たち1年生も、候補者をそれぞれ10人考えて、明日までに吉原さんに送るようにと言われていた。

村松は、いわば吉原さんのワナビーで「いつか起業したい」「できれば学生のうちに起業したい」が口癖だった。かといって起業の準備をすることも、どこかのベンチャーでインターンをすることもなく、今日もこうやって大学の講義に真面目に出て、イグナイトのメンバーとお昼を食べて、そのまま一緒にタスク作業なんかをして、定例ミーティングに出て、平井さんあたりに捕まって終電ギリギリまで居酒屋で飲んで、日吉か元住吉《もとすみよし》あたりに住んでいる誰かの家に押しかけて朝まで飲んで……と、意識の高いサークルにこそ入っているが、実際には意識の低い他の大学生と同じような暮らしを送っていた。

1ヶ月経って分かってきたが、イグナイトには村松みたいな人がたくさんいた。「いつか」「できれば」と、壮大な、しかし意識の高い学生にはありきたりな夢を語るが、「いつか」をたぐり寄せ、「できれば」の実現性を高めるための努力はまったくしていない。そして彼らは、そのことについて特に罪悪感を持っていないようだった。

「しかし楽しみだなー、二次審査と最終選考はゲストがやるけど、一次審査はイグナイトのメンバーがやるんでしょ？　1年にもやらせてくれんのかな」

村松が期待に満ちた表情でタコライスをスプーンでつつく。この高揚感《こうようかん》の源は、ビジコン運営者が

「審査をする」という点にあるのかもしれない。自分が頑張って何かをするのではなく、頑張って何かをしている誰かを評価してやることの愉悦《ゆえつ》や優越感が、麻薬になってしまっているんじゃないだろうか。

もしかするとあの吉原さんすらも、そこに囚われてしまっているんじゃないか？　ミニ吉原さんであるところの村松を見ていると、そんな嫌な想像をついしてしまう。そして、沼田さんが吉原さんに向ける馬鹿にしたような笑いも、沼田さんだけがそれを看破しているからなんじゃないか？

「では、今週の定例ミーティングを始めます」

その日もいつもと同じ大教室で、吉原さんがいつも通り仕切っていた。

「ゲスト審査員のアタックリストは、みんなの意見を踏まえて、こんな感じに順位をつけてみました」

吉原さんは、候補者の名前がズラリと並んだエクセルをスクリーンに投影した。公平性と透明性を重んじる吉原さんらしく、名前の隣には得票数も記載されている。順位は概《おおむ》ねその得票数の通りだが、村松がやったように孫さんとか三木谷さんとか、みんなが苦し紛れに書いた大物は外されるなど、多少の調整が入っているようだった。

みんながリストを上から下まで眺めて、なるほど、みたいな顔で頷いたあと、1分近い沈黙が流れた。誰も異議なんて持ち合わせていなかった。細かいことはどうでもいいから、早く終わらせて飲みに行きたいという本音を、みんな密かに共有しているのだろう。

「ちょっと、いいですかぁ？」

劇場の主のことを忘れていた。定位置である教室の後ろに座って、いつものように腕を組んでいる沼田さんが、予定調和を崩すように湿度と粘度の高い声を投げ込んでくる。

「すみません、候補者リストを提出していない人間が口を突っ込むのは気が引けますが……宇治田《うじた》さんって、今年は審査員に入らないんですかぁ？」

村松と一緒に一番前の列に座っていた僕は、その名前を聞いた瞬間、吉原さんの顔が少しだけ、ほんの少しだけ強張るのを、確かに見ることができた。

「……宇治田さんは去年来てもらったし、最近、個人で新しくファンドも立ち上げて、当面は忙しいって聞いてるから」

それきり吉原さんも沼田さんも黙ってしまって、教室には不穏な空気が流れていた。宇治田さんが何者なのか、この教室にいる全員が理解していた。「伝説の起業家みたいなおじさん」こと、吉原さんがイグナイトに入るきっかけとなった、去年の審査員のことだ。

「いや、ご自身の成長をいつ宇治田さんにお見せになるつもりなのかな～、と気になっただけで。すみません、それだけです。他意はないですぅ」

いつもは沼田さんを半笑いで生温かく見守っていたイグナイトの面々も、今回ばかりはどうやり過ごせばいいのか分からないようだった。少なくとも、笑っていられるノリのものではないことだけは分かっているようで、バツの悪そうな顔が並んでいる。

僕もみんなと同じような表情を一応顔に貼り付けてはいたけれど、内心は興味津々だった。沼田さんグッジョブ、とすら思った。結局、彼は半年以上ズルズルとここに居座って、代表にまでなっちゃって……実のところ、吉原さんは、起業という夢を諦めてしまっているんじゃないか？

「……沼田の言うこと、もっともだと思います。俺がイグナイトに入った経緯はみんなも知ってる通りで、『偉そうなこと言って入ってきたくせに、もう実は起業を諦めてて、代わりにサークルを必死にやってるフリしてるだけなんじゃないか？』とか、そう疑われても仕方ないと思う」

吉原さんがポツポツと、しかし覚悟を決めたように力強く前を向いて語り始めた言葉の続きを、みんな黙って待っていた。

「正直に言います。俺は起業という夢を、やっぱり諦められていません。でも、だからイグナイトのイグナイトの活動を適当にやるとか、そういうことでは一切ありません。恥ずかしい話だけど、自分は天才だ、だから分ひとりでも余裕で成功できるに違いない、と思っていた俺が、初めて誰かと一緒に、何かに本気で挑《いど》もうとしてるんです。俺は本気でこのイベントをやって、本気で圧倒的に成長したい。宇治田さんを見返したい。この勢いで言っちゃいますけど、今年のイベントが終わったら、絶対に、２度目の起業をします」

おぉ〜、と、まだまだ続きそうな演説を邪魔しない程度の歓声が小さく湧いた。

「だから、だからこそ、それまではイグナイトに本気になりたい。だから、みんなにも、安心してついて来てもらいたい。こう言うことしかできないけど、どうか俺を信じてください。よろしくお願いします」

最後に吉原さんが立ち上がって小さく頭を下げると、みんな拍手をした。大きくて長い拍手だった。吉原さんは、ずっと言いたかったことを遂に言うことができた解放感と、そしてそれがみんなに受け入れられた安心感で、うっすらと目を潤ませていた。

僕は沼田さんのほうを振り返った。てっきり不服そうな顔でもしているのかと思っていたら、そうではなかった。唇をひどく嚙み締めて無理やり作った無表情……そんな、不思議な緊張を感じさせる表情で、人並みに拍手をしていた。

＊

8月になって大学は夏休みに入ったけど、僕は実家には帰らず東京に残っていた。イグナイトのメンバーはこの夏の間、100を超える参加チームの玉石混淆《ぎょくせきこんこう》の事業プランから、ゲスト審査員に見せる「玉」を選ぶ一次審査を行う。これがなかなか骨が折れる作業だった。各チーム10枚のピッチ資料を全チーム分読んで、ABCDの評価をつけて、それを集計して二次審査に進む20チームを決める。起業どころか一切の社会経験のない普通の大学生が分かったような顔で点数を付けるんだから、ずいぶん滑稽《こっけい》な茶番だけど。

集中審査日というのが10日ほど設けられていて、その日は日吉キャンパスの教室を終日貸し切り、審査を一気に進めて、日が暮れるといつものように飲みに行く。ひとりで根を詰めていると息が詰まるから、僕もこの集中審査日に3日ほど参加して、短期決戦で終わらせることにした。

11時過ぎに会場の教室に行くと、意外な人が会話の輪の中心にいた。

「さすがにこのクソサービスにA評価付ける人はもう一生ビジネス触んないほうがいいよ、センスなさすぎ。マーケットもニッチすぎるし、事業計画の数字も適当すぎる。それに、業界大手が同じようなビジネスモデルで既に進出してて……」

沼田さんだった。嫌味っぽい語り口はいつもの通りだったが、しかし彼のコメントはどれも悔しいくらいに的確だった。普段はいかにも起業に興味のなさそうな素振りをしておきながら、いざ起業を語るとなると、いつかの勉強会と同じように、吉原さんよりも圧倒的に正しい理屈を、たくさんの知識を、スラスラと披露してみせる。

「実は沼田は起業するつもりで、陰で相当勉強してるんじゃないかな?」

その日、一緒に大戸屋へお昼を食べに行った平井さんがそんなことを言うと、僕の隣でコロッケを頰張《ほおば》る村松はすぐさま反論した。

「でも、あの人が社長やるなんて想像できないですけど」

「何もCEOやるだけが起業じゃないよ。俺は、吉原が共同創業メンバーとして沼田を誘うんじゃないかと見てる。まぁ、まだ気まずさが残ってんのか、確かに二人が楽しそうに話してるとこは見たことないけどさ。それでも、沼田の頭の良さとか知識とかは絶対役に立つだろうし、それに、意外とピッタリな組み合わせじゃない? アツい吉原と、クールな沼田って」

「えぇ〜? 絶対ないですよぉ」

平井さんの大胆すぎる予想を、村松は笑って否定した。僕も同感だった。


お盆は実家に帰って、地元で1週間のんびり過ごし、お土産をたくさん買って東京に戻った。一次審査が終わってしまえば、あとは会場のレイアウトとか、当日のオペレーションとか、細々した仕事はあったけど、僕みたいな新入りはだいぶ暇になった。

「吉原さん、どんな事業やるのかなぁ。9月のイベントが終わったら起業するってことは、そろそろどのマーケットで勝負するかくらいは決めてるんじゃない? 教えてくれたら、今のうちに色々調べて詳しくなっておくのに」

家系ラーメンの武蔵家で、村松はそう呟いて「濃いめ固め多め」という若者の特権みたいなラーメンを勢いよく啜《すす》った。8月末ということでまだ夏休み中だったが、このあと15時から「来れる人だけでOKなので」と吉原さんがコメントを付して告知したイグナイトの自主勉強会があるということで、僕は村松と少し早めに集合して、お昼ごはんを食べていた。最近、村松と話すといつもこれだ。村松だけじゃなくて、吉原さん信者を中心とするイグナイトのメンバーの間で、間違いなくいま一番ホットな話題は、彼がこれから取り組む事業についてだった。

「俺は、吉原さんが沼田さんを誘うとはどうしても思えないんだよなぁ。あの二人が一緒に何かするイメージが全然湧かなくてさ」

村松は改めて、平井さんの予想について反対意見を述べた。確かに、あの二人はまさに正反対だ。失敗を恐れず挑戦し、失敗してもまた立ち上がる吉原さんと、頑張る吉原さんを安全地帯から笑うことで自分が偉くなったつもりになっている沼田さん。

村松は？　と、僕はふと思った。いい加減、吉原さんになるための準備くらいは始めているのだろうか。

「起業したいって言ってたよね。なんか、そのための準備とかってしてる？」

「え、俺？　いや、今はイグナイトに集中したいって思ってるから、もし起業するとしても秋のイベントが終わってからかな。まぁ、俺はまだ、起業するって夢は諦めてないよ。ほら、一次審査してて思ったけど、大学生が思いつくビジネスプランなんて、絶対失敗するクソなやつばっかりだったじゃん。ああならないように、まずはイベントを頑張って、吉原さんの起業も手伝ったりして、圧倒的に成長して実力をつけないと」

相変わらず罪悪感を持っていない様子で、そんな言い訳みたいなことをあっけらかんと言い切った村松はどっちだろう？　吉原さんなのか、それとも沼田さんなのか――村松だけじゃなくて、イグナイトに数十人単位で存在する「いつか起業したい」系の吉原さんワナビーたちは？　自分たちは起業には踏み切れず、しかし挑戦する人たちのことをビジコン運営という安全地帯から批評して、偉くなったつもりになっている……。彼らはあたかも「自分は吉原さん寄り」みたいな顔で、内心沼田さんを下に見ているくせに、実のところ「沼田さん寄り」どころか、まるっきり沼田さんと同じなんじゃないか？

結局、その日の自主勉強会にはメンバーのほぼ全員が出席していた。開催まであと1ヶ月ほどとなった「IGNITE YOU 2016」に向けた準備の進捗なんかをダラダラと共有しているうちに夕方になり、僕たちはいつものように駅の裏手の安い焼き鳥屋さんになだれ込んだ。

「この間の平井の発表資料を読み返してて、やっぱりソーシャルグッドっていいな、と思って。ほら、僕は幸運なことに恵まれた環境で育ったから、社会に対する恩返し？っていうか。どんな事業領域を選ぶかはまだ決めてないけど、何かしらソーシャルグッドの要素は入れたいな。例えばエデュテック、つまり教育関係のサービスなんかを、ソーシャルグッドの観点も取り入れながら設計したら面白いんじゃないかな？」

煙たい空気が満ちる店内のテーブルで、村松たち信奉者に囲まれた吉原さんが、真剣な面持ちで起業論を語っていた。最初の内は僕も信奉者の群れに混じってそれをぼんやり聞いていたが、その中身は意識高い系大学生なら誰でも思いつきそうなことばかりで、早々に飽きてしまった。そのとき、ふと沼田さんの顔が目に入った。吉原さんの隣のテーブルで、マヨネーズにでっぷりと浸したエイヒレを咀嚼《そしやく》しつつ、誰とも言葉を交わさず俯いている。沼田さんは「実はいいやつ」と言われながらも、彼に親しく話しかける人はあまりいなかった。それでも彼は、今日もこうして飲み会に顔を出している。そして気付けば毎回、吉原さんの近くの席に、黙って座っている。まるで、吉原さんの話を聞き漏らすまいと、必死で彼にしがみついているように――。

一体どういうつもりなんだろうか。普段はあんな振る舞いをしておきながら、実は起業にも吉原さんにも興味津々なんじゃないか？

「俺は、吉原が創業メンバーとして沼田を誘うんじゃないかと見てる」

平井さんの言葉を思い出す。もしかすると沼田さんは、吉原さんから起業に誘われることを期待してるんじゃないだろうか？

自分がこれまで献身的に尽くしてきた人たちが、代表選挙でやすやすと自分を裏切って吉原さんに票を入れるのを見せつけられた沼田さん。彼の自尊心があのとき完全に破壊されたのであれば、確かにそれを治癒する方法は、吉原さんに必要とされることなのだろう。みんなの前で、まるで跪《ひざまず》いて指輪でも渡されるようにして起業に誘われることを期待している――その仮説が正しいとすれば、沼田さんが吉原さんに向けるその感情は、気味が悪いほど複雑に捻《ね》じれている。

視線を吉原さんのほうに戻すと、相変わらず薄っぺらい起業論を語っている。そしてその周囲には、吉原さんと同じくらい真剣な顔をして聞いている人たちがいた。みんな、さして聞く価値がない内容だと気付いているはずなのに。もしかすると村松らイグナイトのメンバーたちは、何もしない言い訳として吉原さんを持ち出してきているだけなんじゃないだろうか？　一見すると「完璧」な人間である吉原さんへの憧れを表明しておけば、自分は何もせずとも沼田さんを見下すことができる。賢い彼らはそうした自己承認のための魔法の仕組みを発見し、そこに依存してしまっているんじゃないか？

そしてそれは、僕だって同じなんじゃないか？　頭のいい僕たちは、いつだって社会の顔色ばかり窺って、社会が望む通りのことを言って、周りの大人たちを喜ばせて。その隙に適当にサボったりして、でもみんなが納得する一応の成果は出して。そうやって生きてきて、結局そうして今も、就活で人事部に喜ばれそうな、意識の高い仲間たちと一緒に、チームワークを大事にしながら、ビジネスごっこをしているだけなんじゃないか？……村松たちへの冷たい観察は、そのままぐるりと周回して僕の胸元に刺さってしまったのだ。

「吉原さん、起業したら、インターンでもいいので雇ってもらえませんか？」

それで僕は、アフターが終わってみんなで駅まで歩いている途中、思い切って吉原さんにそんなお願いをしてみた。「なりたい自分」が見つかるまでの間は、せめて吉原さんの真似をしていようという結論になった。何もせず、ただニヤニヤと笑いながら誰かを批評しているだけの人間でいるよりは、そっちのほうが正しいに決まってる。

「事業領域も決まってないってのに、気が早いな」

吉原さんは苦笑していたけれど、その時は絶対声かけるよ、と言ってくれた。それで僕はその日から、いつか来る「その時」に備えて、事業計画書の作り方とか、使うか分からないプログラミングとかを勉強し始めた。いつかもそうだったように、暇な時間がなくなると、僕は要らぬことを考えずに済んだ。

その日も朝から日吉キャンパスの図書館にいた。特に予定のない土曜日だったが、早い時間に目が覚めてしまったから、電車に乗って意気揚々と日吉に向かったのだった。今日は何を勉強しようかと、あてもなくビジネス関連の書籍が並ぶ棚へと向かう。夏休みの図書館にはほとんど人がいなくて、貸し切り状態だった。そんな中、分厚い本を4、5冊抱えて、僕の目当ての棚のあたりから歩いてくる人がいた。見覚えのあるグリーン地のTシャツにフチなしめがね——沼田さんだった。話しかけられたりしたら面倒だし、僕の存在に気付いていないらしいのをいいことに、本棚の陰に隠れてやり過ごすことにした。その脇を通り過ぎた沼田さんの顔にはいつもの余裕に満ちたニヤニヤはなく、抱えている何冊かの本の背表紙には「エデュテック」だとか「社会課題解決型ビジネス」だとかいう文字が威勢よく躍っている——あの気味の悪い仮説について、僕はそのとき確証を得てしまったのだった。

＊

夏休みが終わってすぐ、９月の最終週の「IGNITE YOU 2016」本番は、あっという間にやってきて、あまりに呆気なく終わってしまった。日吉キャンパスの会場でお揃いの真っ赤なスタッフＴシャツを着て、インカムをつけて忙しく走り回っていたら、気付けば吉原さんが閉会の挨拶をしていた。今年の優勝チームは、地方の空き家活用サービスを提案した東大の1年生３人組だった。彼らは審査員長から「賞金１００万円」とデカデカと書かれたパネルを受け取り、不格好に飛び跳ねながらガッツポーズをしている。そのうえ、審査員のうち何名かが、彼らの事業にトータルで５００万近い個人投資を申し出たらしい。それを聞いた村松は、「やっぱり東大ってすげ〜」と、あっけらかんと感心していた。彼は、自分と同じ歳の大学生がアイデアを形にして、その場で資金調達まで決めて、ビジネスの実現に向けて動き出そうとするのを、やっぱり他人事みたいに見ていた。

そうして僕たちは、いつもの安居酒屋に行って、お揃いのＴシャツがビールでビチャビチャになるくらい激しい打ち上げをした。いつもはそんなに飲まない吉原さんも、「代表一気」という無茶なコールを受けて、気付けば座敷の隅で半分寝ていた。僕たちはまた「いつか」を先延ばしにするために、楽しげな喧騒で目の前を埋め尽くそうとしていた。

しかし、吉原さんが本気で成長するはずの1年がまもなく終わろうとしていた。みんな吉原さんに注目していた。吉原さんは次に何をやるんだろう？　誰を起業に誘うんだろう？　どれくらい成功して、どれくらい稼ぐんだろう？　みんなミーティングや飲み会のたびにヒソヒソと話し合い、推測を交換していた。ビジコンも終わったし、次は吉原さんを審査する番だとでも言いたいようだった。

イグナイトでやることは当面なくなったけど、定例ミーティングだけは開かれていたから、暇な大学生たちは日吉キャンパスの大教室に集まって、気の抜けたような顔で頬杖をついていた。11月半ばのその日も、適当な発表のあと適当なディスカッションをして、さて飲みに行くかとみんなが荷物をまとめ始めたところに、「ちょっといいですか」と声が上がった。声の主は、どういうわけかここ最近のイグナイトの活動にほとんど姿を見せていなかった吉原さんだった。吉原さんは、ツカツカと教室の前方に歩いていくと、小脇に抱えていたMacBookをプロジェクターに接続した。

宇宙のような漆黒《しっこく》がスクリーンに投影されている。神妙な表情をした吉原さんが、ッターン……とエンターキーを叩くと、「吉原、起業するってよ。（4年ぶり2回目）」という白い明朝体の文字が、時間をかけて、フワァ〜ッと浮き上がってきた。

「ウェ〜〜〜〜〜イ」

真面目な子が想像する不良の真似事みたいな、脳みその表面がゾワゾワするような低い歓声が教室を揺らした。

「えー、皆さんお待たせしました。元・天才高校生起業家、吉原が手掛ける第二の起業、事業領域は……高校生向けオンライン起業塾です！」

そう来たか、という僕の気持ちは、実のところ落胆に近いものだった。「発想エグいてぇ！」「余裕で上場狙えるでしょ！」とか盛り上がっていた一団もいたが、その場にいたメンバーの大半が、僕と同じような表情をして、しかしお行儀よく拍手をしていた。

「僕は、日本の起業家精神を、自分の経験、失敗すらも生かして、高校生から底上げしたいと本気で思っていて……」

口当たりのいい言葉をポンポンと吐き出しているが、つまり吉原さんがやろうとしているのは、過去の栄光と知名度にすがって、「テレビでも話題！　伝説の元天才高校生起業家がすべてを伝えます」みたいなサイトを立ち上げて、愛《いと》しい我が子の成功を願ってやまない教育熱心なママたちから月額会費を取って、テレビに出た以外に特段の成果を収められなかった元高校生起業家が出演する動画を配信したり、塾員同士の交流会を開いたりするだけのことだった。

根が善人の吉原さんのことだから、自分には価値ある経験を若い人々に還元する義務があって、それを究極のサブスクビジネスたるオンラインサロン形式に落とし込めば「三方よし」が実現できると、本気でそう思い込んでいる可能性もある。確かにこの手のオンラインサロンは流行っているし、それなりに儲かるのかもしれないが、何となく起業家精神「風」のものを培《つちか》うと謳って、高校生たちの貴重な若い時間と引き換えに固定収入を毎月チャリンチャリン稼ぐなんていうことは、「ソーシャルグッド」とは正反対の、ほとんど詐欺《さぎ》行為と呼ぶべきものなんじゃないか……皮肉にも、そういう体系的で冷静な見方ができるくらいには、イグナイトのメンバーはこの半年の勉強会やビジコン運営の経験を通じて成長してしまっていた。

その日のアフターは、いつもとは明らかに違う、奇妙に張り詰めた雰囲気が漂っていた。吉原さんは彼の信奉者たちが「第二のチャレンジ、僕にも手伝わせてください！」と殺到するに違いないと信じ込んでいるようで、いつにも増してフレンドリーな笑顔を浮かべ、チラチラとメンバーの顔を覗き込みながらチビチビとビールを飲んでいた。しかし、彼に話しかける人はほとんどいない。みんな、なるべく隅のテーブルに小さくて弱い生き物のように集まり、コソコソと小声で何かを話し合っていた。

「なんだよ、オンライン起業塾って！　裏切られた気分だよ、あんなの誰も手伝うわけないに決まってるじゃん。そうだ、ＩＣＵに通ってる中高の同級生が、今度インカレのビジコン運営サークルを新しく立ち上げるんだって。経験者が欲しいって言ってたし、各大学から優秀な人が集まってくるだろうから、今よりも圧倒的に成長できるかも。来週そいつと飲むことになってるから、話だけでも聞きに来ない？」

僕を小動物の巣に引きずり込んだ村松が、いやに誇らしげに言う。彼の周りには、イグナイトのエースと目される優秀な1年生が４人集まって、訳知り顔でニヤついていたから、村松の引き抜き工作は早くもかなり進んでいるらしい。彼らがごっそりと抜けてしまったら、来年のイベントは相当しんどくなるだろう。

沼田さんの意見を聞きたいと思った。こんなことは初めてだった。吉原さんの乱心を止められる人は、悔しいことに沼田さんしか思い浮かばなかった。沼田さんに説得してもらって起業塾をやめさせるか、沼田さんが起業塾の立ち上げにジョインして「これなら安心だ」とみんなに思わせるか、どちらでもいいから、とにかくメンバーたちが吉原さんから離れてゆくのを、僕は止めたかった。

「別にいいんじゃない？　詳しい事業の中身は聞いてないけど、どうせクソなんだろうし、本人がやりたいって言うんだったら、好きにやらせればいいだけの話だろ」

その日の飲み会にもちゃっかり参加していた沼田さんは、トイレの前で待ち伏せしていた僕に、やけに嬉しそうに言った。

「仕方ないだろ、あいつには異常なほどに起業のセンスがない。事前に相談してくれてたら、まぁ、最低限のアドバイスくらいはくれてやったのに」

沼田さんは濡《ぬ》れた手を、妙にけば立った紺色のコットンシャツのお腹のところで拭きながら、またいつものようにニヤニヤと笑っていた。

「でも、あんなの、何て言うか……」

「吉原さんらしくない？　かっこいい吉原さんに、ダサいことはしてもらいたくない？」

その通りだった。言い当ててくれて嬉しかった。沼田さんに関わって嬉しくなるのは初めてだった。

「ああいう真面目でアツい人、好きなんだろ？　今こそ吉原大先生を支えてやれよ」

救いを求めて、沼田さんに迂闊《うかつ》に近付いた僕が馬鹿だった。沼田さんのいつものじっとりと湿ったニヤニヤ顔を見ているうちに、あの日の言葉が蘇ってくる。

「真面目ねぇ」「あんなに不真面目なやつ、いないと思うけど」

あの日、トイレの前で沼田さんが投げかけたその問いを、あまりにも理解できなくて、そのまま記憶のどこか目立たないところに置きっぱなしにしていたことに、そのとき僕は気付いた。

「……しかし、お前とはよくトイレの前で会うな。頻尿か？」

そう言い残して、沼田さんは宴席《えんせき》のほうへと去っていった。

＊

目が覚めると知らない部屋にいた。

黒い革張りのソファに仰向けで、蹴《け》り飛ばされた毛布が足元でくしゃくしゃの団子になっている。

暑いくらいに効いた暖房のおかげで、誰かが僕に施してくれた配慮は無駄になってしまったらしい。

頭が痛いし気持ちが悪い。冷たい水が飲みたい。見渡すとここはリビングのようで、壁一面の大きな窓からは、見覚えのある街が、ずいぶん低いところに小さく見えた。

「起きたか」

物音に気付いた吉原さんが、ガラスのコップにウォーターサーバーの水を入れて持ってきてくれた。ここは彼が住む、例の武蔵小杉のタワーマンションなのだと、僕はようやく気付いた。よく冷えた水をゴクリと一息に飲み込むと、干からびた臓器がゆっくりと動き出すのを感じた。

「珍しく潰れてたから、代表の責任でタクシーで連れて帰った。いい先輩だろ。でも俺もめっちゃ二日酔い」

そう笑って、吉原さんも水をゴクゴク飲んだ。昨日の記憶がぼんやり蘇《よみがえ》ってくる。沼田さんとあの会話を交わしたあと、みんなが飲んでいるテーブルに戻って、モヤモヤを紛らわせるために、急ピッチで日本酒や焼酎を飲んで、みんなに片っ端からダル絡みして、それで……記憶はそこまでだった。思い出しても死にたくなるだけだろうから、記憶を呼び起こすのも、尋ねるのもやめた。とにかく吉原さんに、「すみません、本当にすみません……」と消え入りそうな声で何度も謝罪したら、彼は爆笑していた。

「風呂入って行けよ、元気になったら昼飯食いに行こうぜ」という吉原さんの厚意に甘えることにした。僕の家賃6万の部屋の三点ユニットとは比べ物にならないような大きな湯舟の中で、久しぶりに思いっきり足を伸ばした。吉原さんによると、潰れて寝ている僕の頭に、いつものように泥酔した平井さんが「もっと飲もうぜ！」と叫んでビールをぶっかけたらしい。その時着ていたロンTはベタベタになっていたから、吉原さんが着替えの服を貸してくれた。知らないブランドの黒いスウェットからは、柔軟剤のいい匂いがした。

近くにうまいハンバーガー屋さんがあるとのことで、連れて行ってもらった。一番安いクラシックバーガーが１４００円もしたし、ドリンクも別料金だったので悩んでいると、「今日は奢ってやるから好きなものを頼め」と言われた。気後れしてクラシックバーガーと水という最安セットにしようとしたら、今度は「だから遠慮すんなって」と笑われて、吉原さんと同じ、１８００円のチェダーチーズバーガーとコーラを勝手に注文されてしまった。

「俺がやろうとしてる、オンライン起業塾の話なんだけどさ」

ドリンクが来ると、吉原さんはストローをコーラに突っ込みながら、そう切り出した。

「正直どう思った？」

ストローを吸いながら僕の目をじっと覗き込む。

「ああいう真面目でアツい人、好きなんだろ？　今こそ吉原大先生を支えてやれよ」

沼田さんの声が頭の中に響いた。「感動しました！　絶対成功すると思います！」とか言って、この場を取り繕うのは簡単だろう。でも、そうはしたくなかった。吉原さんがこれ以上、評論家ぶってる連中から後ろ指さされて笑われるのを、僕は見たくはなかった。

「……正直、びっくりしました。少なくともビジコン界隈だと、起業塾とか、オンラインサロン系って御法度じゃないですか。なんで吉原さんが敢えてそこを選んだのか、分からなかったです」

「やっぱりそう思うよね……」

吉原さんは僕の本音を受け取ると、わざとらしく深刻そうな表情で頷いてみせた。

「宇治田さんってさ、いるじゃん。覚えてる？」

表情を変えないまま、吉原さんは思わぬ名前を出してきた。

「実はさ、この間のイベントに来てくれたんだ、宇治田さん」

初耳だった。たしかに吉原さんはイグナイトの代表として、ゲスト審査員やイベントを見に来てくれたベンチャー界隈の人たちの対応をしていたから、宇治田さんと会っていても不自然な話ではない。それに、去年あんなに酷評した学生が、自分の言ったとおりにイベント運営の立場に回って頑張っていると聞いたら、責任を感じて見に来るほうが自然かもしれない。

「俺も当日忙しかったし、宇治田さんもちょっと顔出してくれただけだったんだけど、俺がこの1年で学んだこととか、いま興味を持ってる領域、例えばソーシャルグッド×《かける》教育とかの話をしたんだ。そしたら宇治田さん、『高校生向けの起業塾やればいいじゃん、実は僕も最近、若者の起業家精神の育成に興味がある』って提案してくれてさ」

体に入っていた力が抜けて、さっきまでの意気込みがしゅるしゅると消えていくのを感じた。

「宇治田さん、個人でエンジェル投資ファンドやってるから、シードでお金入れるとこ探してるんだって。あの人が応援してくれるなら、絶対勝てると思うんだよね」

僕の心境の変化に気付かないのか、吉原さんはいつものキラキラした笑顔でそう続けた。つまり彼は、宇治田さんがやれと言ったから、宇治田さんが勝てると言ったから、ただそれだけの理由で、吉原さんにここまでついてきた僕らイグナイトのメンバーが反対することも理解した上で、あの事業を選んだのだ。

「みんなの言いたいことも分かる。でも、俺は勝ちたい。イグナイトのみんなのおかげで成長できたって、宇治田さんに、世の中に、本気で見せつけたい」

そこからの吉原さんの言葉は、全然頭に入ってこなかった。ハンバーガーが来た。吉原さんの大演説はまだまだ止まらなかったから、食べずに聞いているフリを続けた。パティの上で柔らかく溶けていたチーズが少しずつ冷めて取り返しがつかなくなってゆく様子を、僕は視界の隅でチラチラと見ていた。

あの日沼田さんが言っていたことを、僕はようやく理解した。

吉原さんは不真面目な人なのだ。何がかと言うと、彼は人生に対して不真面目なのだ。

吉原さんはいつも借りてきた言葉で話していた。その場に相応《ふさわ》しそうな、何だかそれっぽい言葉をどこかから借りてきて、その整った顔から吐き出しているだけだった。事業プランもそうだ。彼が語る夢すらもそうだ。彼は自分の言葉で、自分の責任で自分の人生を生きていない。もしかするとそれは、最初の起業の失敗が、まるで誰かがいつか大教室の壇上で経験したように、膨れ上がってしまった彼の自尊心を完全に破壊したせいなのかもしれない。自分の責任のもと失敗することを極端に恐れてしまうようになった結果、他人の言葉に責任を押し付けるようになったのだろうか。

彼がイグナイトに入ることを決めたのも、イグナイトで一生懸命頑張ったのも、そしてイグナイトのメンバーを裏切ってでもあんな事業をやると決めたのも、一見論理破綻《はたん》しているようで、しかし彼の中ではすべて一本の論理によって貫かれた行為だった。

それを理解した途端に、吉原さんの言葉は僕の頭に全然入ってこなくなった。

「それでさ。前に、インターンでもいいから手伝いたいって言ってくれたじゃん。あの気持ちって、まだ変わってない？」

わざとらしい不安な表情を浮かべて、吉原さんは僕の目を覗き込んでくる。彼は人のことを軽く取り扱っておきながら、そのうえで借り物の自分の人生に、平気で人を巻き込もうとする。その魅力によって、あらゆる人は自分を好きになってくれるものだと、自分には当然その価値があると固く信じている。だから、自分から人が離れてゆくのを感じ取ることができない。そんなことは永遠に起きないと、これまた固く信じている。だから、いま目の前にいる僕の気持ちが、彼には少しも想像できないのだろう。

「……沼田さんは、誘わないんですか?」

質問に答える代わりに、僕はその男の名前を出した。もしかすると、吉原さんから誘われることを世界の誰よりも強く望みつつも、しかしそれを決して明かそうとしない男。

「沼田? あいつは確かにビジネスに相当詳しいけど、その部分は宇治田さんがもっと上手にカバーしてくれると思うし、それに……」

吉原さんはそこで、冷めたチーズバーガーを一口齧《かじ》った。

「……あいつのこと、苦手というか、普通に嫌いなんだよね。これまでは代表として追い出したりはしなかったけど、自分の事業ってなると別。共同創業者って、一番大事なパートナーでしょ? 沼田は絶対、誘いたくない。てか、あいつも俺のこと嫌ってるだろうから、誘っても絶対来ないでしょ」

「どうですかね」

僕はそれだけ返して、吉原さんと同じようにチーズバーガーを一口齧った。冷えて固まってしまったチーズは、まるで蠟燭《ろうそく》みたいに味気なかった。

＊

翌週の土曜日の朝7時。よく晴れた寒い日だった。

東白楽《ひがしはくらく》駅なんて初めて降りたが、改札を出ると知っている顔があった。沼田さんが、いつも通りのニヤニヤを浮かべながら立っている。

「急にどうしたんだ、座禅やりたいだなんて。ブームもひと段落したマインドフルネスに今更目覚めでもしたか？」

「いえ、以前からやってみたかったのと、沼田さんがたまにやってるって、平井さんから以前に聞いたので」

僕の動機になんて別に深い興味はないですよと言わんばかりに、沼田さんは発言が終わるのを待たずにクルリを背を向けて、お寺のほうへと歩き始めてしまった。

お寺に常連という概念があるのかは知らないが、とにかく沼田さんはこのお寺によく座禅をしに来るらしい。アップルやグーグルの社員も座禅をやっていると聞いたイグナイトの面々によって、何度か座禅ツアーが開催されたらしいが、こうやって座禅を続けているのが沼田さん一人ということは、みんな脱落してしまったということなのだろう。


目を瞑ったら暗闇があった。眠る時とは違って、閉じたまぶたの裏で黒目が今も確かに機能しているという不思議な実感があった。よく聞く「無我の境地」みたいなものに簡単に辿り着けるはずもなく、冬のお寺は寒いなとか、もう何分経ったろうとか、そんなありきたりな考えがまず去来して、それでも余った時間で、僕は吉原さんのことを考えていた。

すみません、あの話はなかったことにしてください、と冷めたハンバーガーを前にして言ったら、吉原さんは一瞬驚いたような表情になり、でもすぐにいつもの寛大で余裕に満ちた表情に戻って、「そっか」とだけ呟いた。僕はもう一度だけ、すみません、と言って、こんなもんだろうかと千円札を2枚置くと、「いや、それは貰えない」と突き返された。僕は千円札をポケットに捻じ込んだまま、隣駅の家に帰った。13時過ぎだった。閉め切っていた窓を開けると、ひんやりと青白く澄んだ11月の柔らかい風が入ってきて顔を撫《な》でた。いつものように、吉原さんの住むタワーマンションが見える。今後もう、あれを見ながら黒く澱《よど》んだ感情にまみれることはないだろう。

吉原さんは、これからどうするんだろう?

誤解のないように言うと、僕は吉原さんの事業はそこそこ成功すると思っている。彼は確かに人生に対して不真面目だが、人生に対して真面目な人のほうが道徳的に優れているとか、経済的な成功に近いとか、そんなことは関係ないのだろう。むしろ自分の意思とは関係なく誰か賢い人の意見に全ベットするとか、思ってもないことを言うとか、そういうことができる器用な人のほうが、人生をうまく進められるんじゃないか。人生に対して不真面目で、人には「なりたい自分」とか言いながら自分はそれを戦略的に持たず、すべて誰かに言われるがままに、誰かのせいにしながら生きてゆく吉原さんの事業は、そして彼の人生は、きっと成功する。たとえ失敗したとしても、彼は本質的な意味では失敗しない。だから、彼は永遠に、成功者として生きてゆくだろう。それは吉原さんにとって、おそらく幸せなことだ。

僕は吉原さんになりたかったんだろうか?

彼のことをまるで理解しないまま、勝手に憧れていた。実のところそれは憧れですらなくて、吉原さんという、どこに出しても恥ずかしくない存在をとにかく自分の人生の神棚に置くことで、僕自身の人生について考えることから逃げていたんじゃないか? 村松みたいな評論家気取りを批判しながら、僕も吉原さんに乗っかることで、楽して生きようとしてたんじゃないか?

「イグナイトを使って、みんながなりたい自分を実現してくれたら」

僕は、もしかすると永遠に、その問いへの答えを見つけられないまま、ただ座り込み、いつしか若さをすっかり失うんじゃないか？


本当はいけないのだろうが、座禅中に目を薄っすらと開けてみた。首を動かすと後ろのお坊さんに棒で叩かれるかもしれないから、目だけで隣に座っている沼田さんのほうを見る。背筋をきちんと伸ばして、目を瞑っている。ゆるやかな呼吸によって体がゆっくりと、微細に上下することだけが、彼がまだ生きていることを示している。

それなりに座禅経験のある彼は、僕とは違って無我の境地に至っているのかもしれないが、もし何かを考えているとしたら、それは一体何なんだろう？　ある男にまつわる願いが永遠に叶わないことを知ったとき、動くことをすっかりやめてしまった沼田さんは、再び動き出すことができるだろうか？　あるいは、永遠に——。

そこまで考えたところで鐘がひとつ打ち鳴らされた。座禅の終わりの合図だ。組んでいた足をほどくと、足の甲あたりがジンジンと痺れていて、うまく歩けなかった。沼田さんは、そんな僕の様子を見て楽しそうに笑っていた。

＊

まだ9時過ぎだったから、「朝飯でも食うか、別に奢らないけど」と、沼田さんは僕の意向も聞かずにお寺の向かいにあるガストにズカズカと入っていった。仕方なく、僕もそれについてゆく。沼田さんはパンケーキのセットを、僕はトーストと目玉焼きのセットを頼んだ。

「どうせ、暇潰しに考え事でもしてたんだろう」

「はい。吉原さんの、不真面目さについて考えていました」

僕は素直に答えた。沼田さんの顔が醜く歪《ゆが》む。

「いい加減気付いたか」

「多分」

僕はまた素直に答えた。沼田さんの顔がもっと醜く歪む。

「沼田さんは何を考えてたんですか？」

「秘密だよ。そんなの、お前に教えるわけがないだろ」

沼田さんはそう言うと、ドリンクバーで取ってきたホットコーヒーをズズと啜った。沈黙。いつもの沼田さんなら、周囲の気まずさなんてお構いなしに、マイペースにコーヒーを啜り続けただろう。しかし、今日は違った。

「それで……お前は、大好きな吉原大先生があういうことになって、どうするんだ？　ほんとに無給インターンでもやるつもりなのか？　というか吉原はもう、お前たちを誘ったりしているのか？　誘われたほうも、どう断っていいものか大変だろうなぁ」

沼田さんは、いつものようにニヤニヤ顔で、しかしいつもとは少し様子の違う、遠回しに探るような口調で尋ねてくる。軽く投げて寄越してきたようで、きっと彼にとっては人生を左右するほどの重みを持つその質問をどう受け取っていいものか。僕は思考停止してしまった。コンバースのスニーカーの中の足は、まだ感覚が鈍く、ピリピリと弾けるような痛みが薄く広がっていた。親指をブニブニと曲げて動かしてみようと試みるが、どうもうまくいかない。ずっとこのままじゃないだろうな、と小さな不安が湧き上がる。二度と動けなくなることの恐怖を、二度と動けない男の人生のみじめさを、僕はそのとき想像した。気付くと、質問への答えが口を衝いて出ていた。

「……いえ、誘われたけど、断りました。沼田さんは誘われてないんですか?」

店員さんがパンケーキを先に持ってきて、沼田さんの前にそっと置いた。カチャリ。一瞬の沈黙を、陶製のお皿の発する無感情な音が埋めた。沼田さんの目を覗き込む。その目の奥の、みっともない揺らぎみたいなものを、僕は見逃すまいと冷酷に覗き込んだ。

「本当か分からないけど、宇治田さんが、出資も視野に入れてサポートしてくれるみたいですよ。事業内容も宇治田さんのアドバイスだって。勝ち筋、なくはないと思いますけど。沼田さん、もし手伝いたいのなら、僕から吉原さんにお願いしてみましょうか? 沼田さんは、どうせ誘われてないんでしょう?」

自分だけが見抜いていたはずの吉原さんの人生に対する不真面目さを、他の誰かが発見し、肯定してくれたことの喜びは、今やもう沼田さんの中からすっかり消え去ってしまっているようだった。代わりにそこにあったのは、沼田さんが誰かに寄せた信頼が再び、そしてより深刻に裏切られたことへの絶望だった。一度傷付いた彼が不器用にも縋《すが》っていた、最後の希望がぽきりと折れてしまったことへの、取り返しのつかない絶望……。

沈黙は続く。今度は僕のモーニングセットが来た。二日連続で食べ物が冷めるのをただ見ているのは嫌だったから、出来立てのうちにナイフで目玉焼きの黄身を突いた。黄身はドロリと流れ出て、焦げ目のない卵の白身と、沼田さんのと同じ形の白いお皿を汚した。

「僕は断りましたよ。あんな不真面目な人間を信じてついていったところで、最後は裏切られて、見捨てられるに決まってる。どうせ、オンライン起業塾もすぐやめて、また別の事業を、また別の人に言われるがままにやりますよ。沼田さん、誘われなくて正解でしたよ！　二度と関わらないほうがいいですよ、あんな人間」

沼田さんは何も言わない。僕は厚切りのトーストを小さくちぎって、流れ出た黄身を拭《ぬぐ》って口に放り込む。そしてまた沼田さんの目を覗き込んだ。きっと代表選挙の結果を聞かされたとき、彼は今と同じ目をしていたのだろう。献身的に尽くしてきた自分を裏切り、そのことに申し訳なさを微塵も感じていない人たちのことを、その目で、真っすぐに――。

「沼田さんは、これからどうするつもりですか？」

この質問は、彼に対する攻撃なんかではなく、切実な心配によるものだった。彼がもう、どこにも行けない、二度と動けない人間になってしまったような気がしたのだ。


沼田さん、もうやめましょうよ。

吉原さんを待つのも、吉原さんを待っても無駄だと気付いたあとの人生をどう生きるのか真面目に考えるのも。向かうべき場所を持たない僕たちは、せめて人生を多少マシなものにすべく、意識高い系サークルに入って、就活で語れる経験を作った。それでいいじゃないですか。取り返しのつかない傷を負い、壊れてしまったあの男のせいで、沼田さんまでもが壊される必要なんてないですよ。

そうだ！　僕たちは最近、新しい「吉原さん」を見つけたんですよ。

「沼田さん、新しいインカレビジコンサークルの立ち上げ、一緒にやりませんか？　村松たち僕の同期も、平井さんたちもジョインするそうですよ。みんな吉原さんのことを見限ったんです。沼田さんもどうですか？」

この誘いを断ったら、もうこれから誰も、あなたを掬《すく》い上げてくれないかもしれませんよ。ずっとそこに座り込んで、吉原さんを待ったところで無駄ですよ。だって、沼田さんは誘わないんですかって聞いたら、あの人、何て言ったと思いますか――。

無音。沼田さんは、もう、動かなくなってしまった。何も言わず、ただそこに座っていた。

*

友達と会う予定があるとか適当に言ってトーストを全部飲み込むと、昨日吉原さんに渡しそびれたクシャクシャの千円札をテーブルに置いて、ひとりでガストを出た。

「誘ってくれてありがとう」と、沼田さんは小さな声で、確かにそう言った。結局、彼は僕の誘いに対して明確な回答をしなかったけど、もう十分だった。

東白楽駅から東横線に乗る。ガラガラの車内の向かいの窓ガラスには、明るい日差しのせいで何も映っていないけど、もし映っていたとしたら、今の僕の顔は、吉原さんと沼田さん、どっちに似ているだろう？　不真面目に走り続けて、すべてを置き去りにしてゆく男と、座り込んで真面目に考え込むうちに、足が痺れて動けなくなってしまう男。彼らの抱えるそれぞれの虚無が、ひとかけらも自分の中に存在しないと、胸を張って言えるだろうか？

新丸子の駅に着いた。駅前の商店街は人がまばらで、うっすらと青い空には雲ひとつない。さっきの出来事なんて存在しなかったかのように、穏やかで美しい朝がそこには広がっている。気付けば、足の痺れはすっかり消えていた。足は思い描いた通りに動き、僕の体を、前へ前へと運んでくれる。

若い僕はきっと、少なくともまだ、どこにだって行ける。ＬＩＮＥを開いて、村松にメッセージを送る。
《この間言ってたビジコンサークルの立ち上げ、一緒にやってみたい。まだ間に合う？》
すぐに既読がつき、村松から《余裕で間に合う》と返信が来た。そう、まだ余裕で間に合うのだ。この道が間違っていたとしても、僕の目の前にはまだまだ、無限の道があるに違いない。不真面目に選んだ道から道へと、僕は誰かを置き去りにして、永遠に走り続ける。きっと僕は、その末にどこかへ辿り着くだろう。そこで望んでいたものを得られるかは分からないけれど、少なくとも今よりはいい場所へ——そう根拠なく信じて、走り続けるしかない。
学校の試験と違って、きっとそこには、絶対に正しい唯一の解は存在しない。誰かの真似をして走り出すことに成功した僕は、しかしあるときは、誰かのように立ち止まってしまったり、立ち止まり続けることの恐怖に駆られ、また不真面目に走り出したりするだろう。そんな馬鹿げた日々の蛇行が歪《いびつ》な軌跡となって、僕の人生は形作られてゆく。

第2話

平成31年

２０１９年４月、私は早稲田《わせだ》大学政治経済学部を卒業して、大手町《おおてまち》にある人材系最大手企業、パーソンズエージェントに新卒入社した。

就活生の間で「パーソンズ」の人気は非常に高かった。「実力主義が徹底していて年次に関係なくマネージャーや子会社社長に抜擢《ばってき》される」とか「30歳で年収１０００万超えはザラ」とか、そんな景気の良い宣伝文句に煽られて、総合商社や広告代理店を蹴ってパーソンズに入る学生も多い。「パーソンズの内定取れた」と私がゼミで報告すると、みんなから「えーすご！　バリキャリ女子じゃん」「人生勝ち確だな〜」と羨望《せんぼう》の声が飛び交った。

「新人賞目指して、1年目からアクセルべた踏みでバリュー出しまくってください！」

４月１日。本社ビル18階の社員食堂で開催されたカジュアルな雰囲気の入社式で、ギラギラと精力をみなぎらせた宇治田社長がおどけた口調で語りかけた。40代半ばにして伝説の起業家として名を馳せる宇治田社長は『徹夜ではたらく社長の告白』という自伝を数年前に出して、団塊世代からは圧倒的な支持を集めた一方、「時代錯誤《さくご》」「社員に誤ったメッセージが伝わる」と社内外から反発を受けたそうだ。現に、集まった１００名ほどのスーツ姿の新入社員たちも、半分くらいはメモを取りながら力強く頷いている一方で、残り半分くらいは姿勢をだらしなく崩して「何言ってんだ」と冷めた表情をしていた。

入社式が終わったあとには、お遊びみたいな研修が行われた。6人グループに分けられて、社員食堂でランチを食べながら「パーソンズで成し遂げたいこと」をグループ内で発表し合うというものだ。明日から始まる本格的な研修と、その先の長い社会人生活に向けて気合を入れ直し、そして同期同士の「絆《きずな》」を深めてほしいという、いかにもパーソンズの古株たちが好きそうな研修だった。

「全力で仕事に臨みッ！　圧倒的なバリューを出しッ！　ゼッテェ～に新人賞を獲って、総会のステージに上がります！」

私のグループではまず、大盛りのカツカレーを早々に掻き込んで、食後のコーヒーもゴクゴク飲み終えてしまった栗林《くりばやし》が堂々と宣言をした。

パーソンズには社内表彰制度があって、月間MVPとか年間ベストマネージャー賞とか、大きなものから小さなものまで様々な賞が用意されている。その中でも最も注目されるのが、年度末の3月に社員総会で発表され、最も活躍した1年目社員に贈られる「新人賞」だった。最年少役員とか子会社社長とか、パーソンズで活躍している人のほとんどがかつてこの新人賞を獲っており、出世ルートに乗るための不可欠なステップなのだという。栗林は今年度の新人賞を獲って、総会のステージで宇治田社長から直々《じきじき》にトロフィーを貰い、その先に続く社会人人生を輝かしいものにしたいと語った。栗林の人生設計は非常にシンプルだ。パーソンズの先輩たちがこれまでやってきた通りにやれば、自分も同じような満足は得られるはずだという腹づもりなんだろう。

「じゃあ、時計回りで、次は沼田くんお願いします！」

いつマネージャーに抜擢されてもいいようにと日頃から意識しているのか、同期の飲み会でも平然とその場を仕切る癖のある栗林が、私の向かいに座っている男に水を向けた。

「ええっ、二番目でいきなり僕ですかぁ？　そうだなぁ……」

ざるそばをズルズルと吸い込んでいたふちなしメガネの男は、ニヤニヤしながら箸を置き、頭を掻いて数秒黙った。白い顎《あご》から喉元にかけて、青々しい髭の剃り残しが汚く点在している。

「え、これ正直に言ったほうがいいやつですか？」

これから僕は過激なことを言いますが引かないでくださいね、なぜなら正直に言うよう強要したのは皆さんなんですから――そんな言い訳が聞こえてくるようだった。

「うん、正直に語ったことは絶対に否定しないというのは、このパーソンズにおいて最も重要なルールのひとつだからね」

栗林がクソ真面目にそう答えると、沼田はその口を、再びニッと、醜く捻じ曲げた。

「総務部あたりに配属になって、クビにならない最低限の仕事をして、毎日定時で上がって、そうですね、皇居ランでもしたいと思ってます」

耳を疑ったけれど、他のみんなも私と同じような表情をしていたから安心した。栗林だけが、どうやって沼田の意見を否定せずにこの場を回し続けるかを必死で考えているようだった。彼はさっさと次の人、つまり私にバトンを回すのがいいと判断したらしい。救いを求めるように私の目をじっと見るもんだから、私も気まずい沈黙に耐えかねて「えーっと、私も新人賞目指します！　栗林くん、ライバルとして頑張りましょう！」と、適当なことを明るく宣言してしまった。

＊

その日の夜は人事部が主催したちょっとした歓迎会が昼と同じ社員食堂で開かれた。閉会後も場所を変えてまだまだ二次会、三次会と続くようだったけれど、私は慣れない会社の雰囲気に疲れてしまって、一次会で帰ることにした。

大手町駅から三田線に乗って、神保町で都営新宿線に乗り換えて、そこから30分ほどの本八幡《もとやわた》駅で降りる。多少遠回りになるけどなるべく明るい大通りを通って、歩いて15分、トータル1時間ほどの通勤時間。戸建がみっしりと立ち並ぶ静かな住宅街の、近隣よりも少し大きな2階建の積水ハウスが私の実家だった。

なるべく音がしないように静かに鍵を差し込んで、静かに捻《ひね》って解錠して、静かに引き抜いて、春先の冷気を吸い込んだスチールの把手を、シンプルなジェルネイルを施した右手で静かに握り、手前に引く。ドアはカチャリ、と小さな音を立てて静かに開いて、オレンジ色の光の粉が漂い漏れてくる。真っ白な壁紙。明るいオーク材のフローリング。飾り棚には透明なガラス製の花瓶《かびん》に活けられた白いトルコキキョウが2本。整えられた空間に濃密に詰まった完璧な幸福に、私は窒息しそうになる。

「お帰り」

奥のほうから、お母さんの声がする。この美しい家を日々管理し、22歳になってもまだ実家に住む娘に存分に愛を注いでくれるお母さん。ひじきを炊いている匂いがする。いつものように、大豆や刻んだこんにゃくなんかも入れているのだろう。「今日は会社の飲み会があるから、ごはん要らない」と今朝伝えておいたのに。もしも新入社員の娘が先輩たちもいる飲み会で遠慮して、お腹を空かせたまま深夜に帰ってきた時のために、軽くて体の負担にならないものを用意しておいてあげなきゃ、と居ても立ってもいられなくなったのだろうか。

黙って差し出される、対価をまったく必要としないお母さんの優しさを前にすると、私はどうしていいのか分からなくなってしまって、今日もこうして玄関で立ち尽くしてしまう。

私が幼稚園の頃までは西船橋《にしふなばし》のマンションに住んでいたが、小学校に上がるタイミングで商社に勤めるお父さんがこの家を建てた。高校までは近所の公立、大学までは電車で1時間と通学圏内だったので、私は今日までずっと実家で暮らしてきた。

女子大を出たあとお父さんと職場結婚し、今は専業主婦をやっているお母さんの実家は、このあたりにいくつかの土地やビルを持っている地主さんらしく、うちの家もおじいちゃんの所有地の一つに建てたものだった。

商社マンの妻とは言っても、慎ましいサラリーマン家庭には変わりないはずだが、お母さんには今でも、どこか浮世離れした不思議な余裕みたいなものがあった。おそらくは裕福な家庭に生まれ育ち、あちこちで自分がそうされてきたから、何の抵抗もなく人に善意をプレゼントすることができるのだろう。お母さんはいわゆる毒親なんかでは決してないし、それどころかむしろ優しく、温かい人だった。単身赴任やら遅くまでの残業やらでお父さんは家をあけがちだったから、私はこの家でのほとんどの時間をお母さんと二人きりで過ごした。それはひどく柔らかくて穏やかな時間だった。にもかかわらず、私はこの素晴らしく幸せな家で、居心地の悪さを抱えている。そんな自分が、致命的な欠陥を抱えた人間に思えて、惨めったらしい不安に襲われてしまうのだった。

＊

短い研修があっという間に終わって、4月のゴールデンウイーク直前に配属発表式があった。そこで私に告げられた配属先は営業本部だった。パーソンズの基幹事業は「ワクワーク」という安直な名前の求人サービスで、クライアントのセグメント別にサイトが分かれていた。例えば「ワクワーク新卒」は新卒求人向けで、「ワクワークハイキャリア」は転職求人向け、そして「ワクワークバイト」はバイト求人向け。それぞれの媒体に営業部があって、私が配属されたのは営業本部の中の「ワクワークバイト営業部」。飲食店に片っ端から営業電話をかけて、アポを取ったらお店のアイドルタイムに訪問して、1件3万円や5万円、大きくてもせいぜい20万円とかの案件をセコセコと取ってくるのが、私に与えられた仕事だった。担当エリアは、バイト営業部の中でも特に単価の安い五反田《ごたんだ》になった。こうして適当なオフィスカジュアルと歩きやすいパンプスに身を包み、大手町と五反田を往復する日々が始まったのだった。

働き始めて1ヶ月。自分でも意外だったが、私はこの業務に結構満足していた。一人ひとりと深く向き合うより、こうやって薄く広く人間関係をこなすほうが昔から得意だし、楽しいと思えた。

あとは何より、上司との相性がよかった。

「このペースじゃ月次ノルマ達成できないよね？」「不足分はどうやって埋めるの？」「新規架電は何本やったの？」「なんでそれで足りると思ったの？」「足りないって分かってるのになんでやらないの？」「具体的な目標数は？」「時間ない中でそれどうやって達成するの？」「適当なこと言って逃げようとしてない？」「そういう姿勢が数字に出てるとは思わない？」

17時に会社に戻ると、その日の営業成績をまとめて課のみんなの前で浜口《はまぐち》課長に報告する、通称「詰め会」が行われる。浜口課長は私が所属するバイト営業部2課の女ボスで、この春なんと26歳にして最年少課長になったばかりだった。おそらくは生まれつきの性格なのだろう、彼女は反論の隙もないくらい理路整然と人とコミュニケーションをとるタイプで、詰め会では好成績を収めている人でも何かしら詰められポイントが出るのだった。課のみんなはそれを煙たがり、会が終わると「今日も気合入ってますねぇ」「お疲れ様ですぅ」と小声で言い合って、慰め合いながら席に戻るのがいつもの光景だった。

「お母さん」。誰かが浜口課長のことを陰でそう呼び始めて、それが課内で結構ウケていた。ほとんどのバイト営業部の部員より年下の浜口課長をお母さん扱いする面白さもあるのだろうけど、細かい指摘を延々と続ける彼女のやや尊大で神経質な態度が、世間がイメージする「お母さん」像との合致を見せているのだろう。

しかし私はそんな浜口課長のことが嫌いではなく、むしろ好きだった。そりゃ、詰められるのは気持ちのいいことではないし、「キツかったね」と先輩たちから小声で労《ねぎら》いの声をかけられたら「大変ですよ〜」とか後輩らしく困り顔でおどけておく。けれど、内心はさほど「大変」とは思っておらず、むしろ不思議な爽やかさがあった。

そして何より、浜口課長が「お母さん」だとは、私には思えなかった。

＊

「ねぇ、完全に太ったんだけど。何キロ増えたと思う？」

白いクロスが敷かれたテーブルの向かいで、由衣夏《ゆいか》は黄色いサマーニット越しのお腹の肉を摘んでみせた。６月半ばの、雨こそ降っていないが、いかにも梅雨らしい灰色の土曜日。麻布十番《あざぶじゅうばん》のイタリアンの明るい店内は、予約していない客は断られるほど混雑していた。

私はバイト営業部に配属されてからというもの、お昼前には五反田に行って、夕方までお店で商談、その合間合間で「新規架電」といって、まだ付き合いのない相手先に営業電話をかけまくるという日々を送っていたから、こうやって同期とのんびりランチを食べるのも久しぶりだった。

　青山学院大学卒の由衣夏は、同期の中では一番の仲良しだった。小動物系の愛らしい顔に、誰にでも分け隔てなく接する明るい性格。富山出身の彼女は「ミス深谷《ふかや》ねぎ」とかいう誰が応募しているのかもよく分からない、地元でもなんでもない街のローカルミスコンに応募して準優勝したり、アナウンサースクールに通ったりと「いかにも」な美人女子大生らしい学生生活を送っていたが、それでも局アナの狭き門を突破することはできなかったようだ。それで「なんかキラキラしてたから」という理由でパーソンズに入社し、ワクワークハイキャリア営業部に配属になったのだった。

　由衣夏につられて、私も自分のお腹を摘んでみる。学生時代には存在しなかったはずの柔らかな質量を、指先が確かに捉えていた。私は私で、この1ヶ月で2キロ太った。飲食店経営者はみんなサービス精神が旺盛《おうせい》で義理堅いから、営業に行って成約したら「これからよろしくね」と何か作ってくれるし、断られたら断られたで「バイト必要になったら声かけるから」と申し訳なさそうに一品出してくれる。それを無下にすることもできず、私は出された食事を片っ端から完食していた。

　目の前に、由衣夏と注文の被ったカルボナーラが置かれる。さっきの増量報告のことなんて忘れたように、由衣夏は糖質の塊をフォークで巻き取って口に運んでは「おいし〜」と感嘆の声を上げた。

　彼女の所属するワクワークハイキャリア営業部は、営業本部の中でも稼ぎ頭の部署ということで業務量も多く、かつては残業時間が月100時間を超えることもザラだったらしい。しかし、そこに配属になった由衣夏の口癖は「仕事だけが人生じゃないじゃん」だった。実際に彼女は9時ギリギリに出社、18時キッカリに退勤して、同期と銀座や六本木あたりを飲み歩いている。そうしているうちに、1キロの脂肪がじわじわと彼女にへばりついたらしい。

「そう言えば、ハイキャリア営業部に私と一緒に配属された、小林《こばやし》っていたじゃん。東京理科大出身の。あいつ、先週いきなり辞めちゃったんだよ！　コンサルに転職するらしくて。なら最初からコンサル行っとけって話だよね〜。引き継ぎとかでバタバタだし、パーソンズに残った私たちが否定される感じで、なんかムカつく」

早々にパスタを食べ終わった由衣夏が、お皿に残った油脂たっぷりの白いソースをパンでぬぐい取りながらボヤく。これで6人目か、と私は頭の中で数える。入社からまだ2ヶ月と少しだというのに、同期100人のうちもう6人が退職していた。第二新卒大歓迎の大手システムコンサルから急成長中のベンチャー企業まで転職先は様々だったけど、彼らに共通していたのは「パーソンズにはもう圧倒的成長の機会がない」と感じた、ということだった。「永遠のベンチャー企業」を標榜しつつも、創立から20年を超えるこのメガベンチャーは実のところ、世間が想像するパーソンズらしい雰囲気を既に失いつつあった。コンプライアンスの観点から残業は22時まで、月トータルでも45時間までと制限され、浜口課長みたいな例外を除けばほとんどの人が年功序列で何となく偉くなるようになっている。昔はキャリアアップのために他のベンチャー企業や外資系企業なんかに転職してゆく人もたくさんいたが、最近はめっきり減ったのだそうだ。今やこの会社は、創立期ほど社員が働かず、圧倒的な成長も見込めず、しかしそれでいてキラキラした雰囲気だけは残っているという状態だった。

それでも会社に残っている多数派の面々は、むしろその矛盾を楽しんでいるようだった。「仕事だけが人生じゃないじゃん」は、由衣夏にかぎったものではなく、2019年新卒入社組のスローガンになりつつあった。大学の同期たちよりもいい給料を貰いながら、自由でオシャレな服装で大手町のピカピカのオフィスに通い、合コンや大学のOBOG会で会社の名刺を見せびらかし、給料に見合ったバリューを出そうだなんて立派な心意気を持つこともなく、毎日定時退社して飲みに行く。元号も変わり、命を削って働くことの美点よりも弊害のほうが大きいだろうというのが世論になりつつある今、「仕事だけが人生じゃないじゃん」と言い合いながら、二十数万の月給を握りしめて銀座や六本木あたりに繰り出すほうがむしろ正しい振る舞いなのかもしれない。

もちろん例外はいた。まず私だ。残業中の19時頃に由衣夏からLINEで鬼電が来たことがある。どうせ18時過ぎから同期で飲み始めて、早くも出来上がりつつあるのだろう。退勤後の20時半に折り返し電話をすると、案の定かなり仕上がっているらしい彼女は、安い居酒屋特有の騒がしさをBGMに、「なんでそんなに働いてるの⁉」とキレ気味に問い詰めてきた。

なんでそんなに働いてるのか。たしかに、厳しい残業時間制限の範囲内ではあるけれど、少なくとも他の同期よりもたくさん働いていることに、何より私自身が驚いていた。勉強ができたから何となくいい大学に入っただけで、そこでの4年間でやりたいことが見つかったわけでもない。パーソンズに入ったのも他の同期と同じような理由のはずだったのに、なぜ私は、ようやく思いっきり息ができる場所を見つけたかのごとく、こんなにも嬉々として働いているのだろうか？

栗林も例外の一人だった。彼はとにかくエネルギーに溢れた人だった。由衣夏と同じハイキャリア営業部に配属され、由衣夏と違ってよく働き、しかし由衣夏と同じくらい遊んでいた。残業を終えると同期LINEで誘われる日々の同期飲みに、栗林は全参加しているようだった。

いつだったか、例によって栗林も参加している飲み会で、大学時代の彼を知る同期が「あいつ、大学時代は音楽関係のサークルの代表やってたってイキってるけど、実際はマンドリンサークルの陰キャだった」と暴露して、栗林が顔を真っ赤にして「オレ、未だに地元帰ったらヤンキーたちが挨拶しに来るから！」とみっともない反論をしていたのを思い出す。ヤンキー。背も低く、赤ちゃんのような顔をした彼とはあまりに不似合いな言葉に、みんな大爆笑していた。

そういえば、パーソンズの新卒採用説明会で中堅社員たちを見た時に「みんな似ているな」と感じたことを思い出す。パーソンズに代表される2010年代に一世を風靡《ふうび》した「意識高い系キラキラメガベンチャー」とはつまり、同じような学歴、そして「たくさん働いてたくさん稼いで圧倒的に成長したい」という同じような育ち、同じような価値観を共有する、同質性の高い人たちの集合体に過ぎないのかもしれない。構造としては、完全にヤンキーごっこだ。第二の「地元」としての会社で、一定の規範のもとで得点を集め合い、承認し合う。まさか、栗林は失われつつあるヤンキー文化の、それもいい子ちゃん向けの真似事なんかに憧れているのだろうか。新人賞という夢も、彼がヤンキーごっこの中で高得点を取るためにどうしても必要な行程なのかもしれない。

では、その馬鹿げたヤンキーごっこの構造から脱してしまった他の2019年新卒入社組は？「仕事だけが人生じゃない」のだとしたら、彼らは仕事以外の何を人生の余白に詰め込むつもりなのだろうか？


最後の例外を忘れてはいけない。沼田だ。

まず沼田は、新人研修でひとつの事件を起こした。それは、営業本部と並ぶ人気部署・経営企画室のグループワーク研修での一幕だった。経営企画室は、様々な新規事業や子会社を束ねる、まさしくこのグループのブレインで、そこに在籍していることは、将来の経営陣としての役割を社長から期待されていることを意味していた。会議室に集められた新入社員の多くが「経営企画室の先輩たちにいいところを見せて、少しでも配属を有利にしたい」と内心意気込んでいたに違いない。

前橋《まえばし》さんという同期がいた。お茶の水女子大学卒の真面目で熱心な女の子で、以前から経営企画室に行きたがっていたから、隣のグループの私からも分かるくらい張り切っていた。しかし、彼女にとって最悪なことに、同じグループにはあの男がいたのだ。

「もうっっっ！　なんで邪魔ばっかりするの⁉」

前橋さんの絶叫が聞こえて、会議室の空気は一瞬で凍りついた。「パーソンズが２０２０年に実施すべき新規事業」をお題に、それぞれのグループで真剣にディスカッションが行われていた最中の出来事だった。

「邪魔とは失礼ですよ。僕は、前橋さんの素晴らしいアイデアに対して、僕なりの意見を付しているだけじゃないですかぁ」

沼田だった。前橋さんの悲痛な叫びなんて我関せずといった感じで、会議室の簡素な椅子に、まるで名探偵みたいに深々と腰掛け、腕を組んでニヤニヤと笑っている。前橋さんが、大学時代に教職を取った経験を活かして一生懸命に出す教育関係の事業アイデアを、沼田がひとつ残らず潰す勢いで酷評したようだ。しかもそのコメントは悔しいほどに的確なもんだから、前橋さんはどうしていいか分からなくなってしまって、号泣絶叫してしまったらしい。

「新規事業とか、起業とか、それもエデュテックとか言われちゃうと、黙ってられないタチなんでねえ。本当に申し訳ないです」

沼田は、申し訳なさなんて一切感じていなそうな図々しい顔で一応の謝罪をした。

「なんで……」

前橋さんは小さな目から涙を流しながら、うわごとのような言葉をどうにか絞り出そうとしていた。

「なんで、なんであなたみたいな人がパーソンズにいるの……？」

パーソンズは人材のことを「人財」と表記するタイプの会社で、「一緒に働きたいと思える人がたくさんいたから」とパーソンズを選んだ内定者も多かった。にもかかわらず、なぜ沼田みたいな人がこの会社にいるのかという素直な疑問が、茫然自失の前橋さんの口から、ポロリと転がり出てきた。

「なんでって、働きたくなかったからですよ」

前橋さんの、怒りや悲しみ、情けなさなどが様々に入り混じった感情が、「呆れ」に収束してゆくのを私は見た。

「働きたくない……？　ならなんで、わざわざこの会社にいるの？　私は、圧倒的成長とか、自己実現とかのために、他の会社を蹴ってパーソンズに入ったのに……？」

「ええ、僕は給料さえ貰えていれば、何をするかとかも正直どうでもいいんですよね。圧倒的成長にも、自己実現にも興味ないですし。だから、この大きな大きな会社で終身雇用に守られながら、他の頑張ってる社員たちが稼いできた利益を毎月チューチュー吸いながら、総務部かなんかでクビにならない最低限の仕事をして、毎日定時で上がって皇居ランでもやりたいって、面接でそう言って受かったんですよ。つまり僕の人生設計を会社がヨシと認めたってことじゃないですかぁ」

その嘘みたいな話は本当なのだと、人事部の先輩が飲み会で言っていた。人事部でも伝説になっているらしい。宇治田社長が気まぐれに参加した最終面接で、他の役員たちが沼田の発言に凍りつく中、社長だけはゲラゲラ笑って、「面白いな！　採用！」と宣言してしまったという。「最近の学生はいい子ちゃんばかりでつまらない。うちは永遠のベンチャー企業なんだから、破壊的な人間をどんどん採ったほうがいい」と、社長は採用ホームページのインタビューでそう答えていた。気まぐれな思い付きにしか見えない抜擢や奇策が好きな人だから、なるほど、あの人ならやりかねないという気がした。

とにかく、沼田はそういう無茶苦茶な理由でパーソンズに入社したのだった。

「沼田綾太郎《あやたろう》、総務部！」

妙に格式ばった配属発表式で、人事部長の声が会議室に響いた時、同期の間に微かなざわめきが起きた。総務部。オフィスや社内諸規程の管理、株主総会の運営などをやる部署の重要性を私は頭では理解しつつも、しかし正直に言うと、一番行きたくない部署だった。ひとつ上の先輩社員で総務部配属になった人が、何かの飲み会で「最初にやらされた仕事は枯れた観葉植物の入れ替え」だったと自嘲気味にボヤいて笑いを取っていたし、総務部のことを「人材の墓場」と呼んでもうひと笑い取っていた。確かに総務部にいる人たちを見ると、他の部署で成績を残せなかったとか、コミュニケーションに難があるとか、つまり会社でうまくやれなかったが解雇するほどの理由はない人たちが集められているようで、たまに社内手続きなんかで総務部に行くと、昼間から退屈そうにYahoo!ニュースを延々と見ている中年社員ばかりだった記憶がある。能力もやる気もなさそうな社員たちに囲まれて、枯れた観葉植物を入れ替え続けるような、退屈な日々。「仕事だけが人生じゃない」のだから、退屈な仕事を最低限やって、毎日定時退勤して、それこそ沼田の言うように毎日皇居ランでもする暮らしは、同期のみんなにとっても好ましい選択肢の一つなのではないかと思っていたけど、どうやらそういうわけでもないらしい。どこに配属になったとか、誰がチューターに付いてくれたとか、そういう外からの見られ方にだけ、なぜだかみんな敏感だった。だから沼田が総務部配属になると聞いた時、みんなは「助かった」と思ったのだろう。総務部という最悪のハズレくじを、自分が引く前に引いてくれたのだ。ざわめきの正体はため息だった。安堵のため息。弛緩しきった汚い二酸化炭素が、当の沼田ただひとりを除く同期全員の肺から、一斉に漏れ出たのだった。

そして、これはどうでもいい話だけど、綾太郎という妙にかわいい彼の名前を私は初めて知った。

そして憧れの総務部で、沼田は飄々《ひょうひょう》とそつなくやっているらしい。新人への洗礼である観葉植物の入れ替えをやすやすと終え、最近は社内の新しいゴミ分別ルール策定なんていう「曲がりなりにも新規プロジェクト」みたいな仕事も担当しつつ、総務部の本家本元である地味な各種雑務も粛々とこなしているようで、総務部のおばさま方からは「今年は珍しくいい子が来たわね」と評判も上々なのだそうだ。周囲の同期たちが先輩社員を真似してややオシャレすぎるジャケパンスタイルに切り替えてゆく中、沼田だけは「わざわざ買い替えるの、面倒じゃないですか」と黒いリクルートスーツを着続けていることもまた彼を「ちゃんとした社会人」らしく見せていた。

ただ、あの男が周囲におだてられるままに大人しく模範的新入社員をやっているのかというと、そんなことはもちろんない。業務効率がいいのか、それとも1年目総務部員に与えられる仕事量なんてたかが知れているのか、14時とか15時とかには早々に暇になるようで、そこからは沼田の優雅な読書タイムが始まるのだという。

「総務部って、本がいっぱいあるんですよ。壁一面に備え付けられた大型キャビネットに色んな雑誌のバックナンバーが並んでて。うちの部で唯一気合の入ってる部長が『部員たちの自己研鑽のために少しでも役に立てば』って、定期購読している謎の総務業界誌のアーカイブから、他の部で捨てる予定のものまで貰い受けてきて保存してるんです。残念ながら、部員たちはネットサーフィンで忙しいので、読むのは僕くらいのようですが。よく分からない本も混じってて、楽しいですよ」

配属から少し経ち、久々の研修で新入社員が集まった大会議室の一角で、沼田がそんなふうに自慢にならない自慢をして、周囲を呆れさせているのを私は遠巻きに眺めていた。彼は日々コーヒー片手に心行くまで読書を楽しむと、入社初日に宣言した通り毎日のように定時退勤して、皇居ランをして健康的に汗を流したあと、たまに同期の飲み会にも顔を出しているらしい。一見すると彼も「仕事だけが人生じゃないじゃん」派にも見えるけど、外からの見られ方から自由であるという点で彼らとは少し毛色が違うような気がした。

「ね、プリンちょっと貰っていい？」

私の返答を待たずして、由衣夏が金色のスプーンを私の皿に向ける。気付けば、お店の入り口の大きなガラス扉の向こうではポツポツと小雨が降り始めたようだった。

由衣夏と私は、仕事に対する姿勢という点では別のグループに所属しているんだろうけど、こうやって週末にも会うくらいに仲が良かった。由衣夏といると楽しくて、平日は無意識のうちに気を張ってしまっているのがスルスルと解けるような感じがした。栗林たちと仕事のアツい話をしながら飲むのも楽しかったけど、由衣夏と社内のゴシップネタなんかについて話す時間を私は愛していた。

ただ、不安になることもある。由衣夏は大らかな、裏を返せばやや大雑把というか気の遣えない性格で、今日のこのイタリアンも、彼女は近所の白金高輪《しろかねたかなわ》に住んでいるのに私が探して予約していた。家でゴロゴロしているときに食べログを少し覗くだけで済む話ではあるけれど、友情における不平等条約みたいなものを、彼女といると不意に感じてしまうことがあった。そんなことを思ってしまうことが、自分でも嫌だ。由衣夏がお店探しや予約をしてくれないからといって、それだけの理由で彼女との友情を断ち切るなんてことはできないくせに。それでいて内心グチグチと文句を言いながらも、今日もこうやって、何事もないかのように馬鹿みたいにヘラヘラ笑って彼女と楽しく過ごしている。そんな私はみっともなくてズルいと、きっと帰りの電車なんかで自己嫌悪に陥るだろう。

当の由衣夏はどう思っているんだろうか？　負い目みたいなものはないのだろうか？　デザートのソルベを舐めている彼女の内面に、そんな苦悩はなさそうに見えるけど。

「あ、そういえば同期ＬＩＮＥに流れてた皇居ランのやつ、一緒に行かない？　やっぱりダイエットには有酸素だって美容系YouTuberもみんな言ってるし、あと英梨《えり》ちゃんにも久々に会いたいし」

英梨ちゃん。ソルベをきれいに舐め尽くした由衣夏の口から出てきたのは、ずいぶん久しぶりに聞く名前だった。

＊

「Oh my gosh!　超久しぶりじゃ〜ん！」

７月上旬の、梅雨の晴れ間の水曜日の夜。たくさんの車線が交錯する気象庁前の交差点の傍らで、ランニングウェアを着た私は、歩道を照らす街路灯の光の中で熱烈な海外式ハグを受けていた。ハグの主は英梨ちゃん。ちなみに、久しぶりに彼女のＬＩＮＥアカウントを確認したら、昔は「えり」だった登録名が「Elly」に変わっていた。

英梨ちゃんはパーソンズの「内定者同期」だった。上智大学卒。帰国子女で英語はネイティブレベル。学生時代は世界最大の海外インターンシップ支援団体で理事をやっていた。趣味は海外旅行、特にバックパックの貧乏旅で、温泉巡りと御朱印集めも大好き。

なぜこんなに英梨ちゃんに詳しいかと言うと、私はパーソンズの一次選考のグループ面接で彼女と同じグループになり、最終面接の待合室でも顔を合わせることになったからだ。「一緒に内定取って、一緒にパーソンズ入ろうね！」と、緊張してガクチカをブツブツと復唱している私を無遠慮に捕まえて、彼女は嬉しそうにそう言った。二人とも無事に内定を取って、私たちは「内定者同期」になったけど、しかし「入社同期」になることはなかった。彼女はパーソンズに入らなかった。彼女は案の定、他にもたくさん内定を持っていたようで、その中から日本橋にある外資系の投資銀行「ゴードン・リチャードソン証券」への入社を決めたのだった。

〈みんなと一緒に働けないのは残念だけど、私はみんなのこともパーソンズのことも変わらず大好きだから、もしよければ今後も仲良くしてください！笑〉

内定者同期ＬＩＮＥグループがそのまま同期ＬＩＮＥグループになったあとも、なぜか彼女はそこに居残った。他の内定辞退者たちが自らグループを退出していった後、わざわざ彼女だけを外したグループを作り直すのも何となく手間で、私たちは彼女の入っているそのＬＩＮＥグループを使い続けた。彼女がどこまで頻繁に見ているのかはわからないものの、私たちの日々の飲み会の模様までもが筒抜けになっているはずだ。

今日のこの皇居ランイベントは、例によって栗林の発案だった。毎日のように飲み会の打診が流れ続ける同期ＬＩＮＥをミュートにしている人も多いのだろう、彼の呼びかけに反応したのはせいぜい10人くらいだったが、私は由衣夏に誘われるままに参加することにした。もちろん、一番珍しいゲストは英梨ちゃんに違いない。〈え、私も職場から近いから行ってよければ行きたいです！笑〉と返信されたら、そりゃ断れるはずもない。

私たちはパーソンズからほど近い神田橋あたりのジムのロッカーを６００円で借りて着替えて、竹橋駅の工事のための仮設フェンスに囲まれた、お堀の脇の狭苦しい広場に19時に集合したのだった。

「Missed you ～！　元気だった～？」

アディダスのかわいいピンクのウェアを着た由衣夏は、普段は出さない猫撫で声で英語パートを話すと、英梨ちゃんに熱烈なハグをお返しした。満面の笑み。由衣夏はスポーツキャスター志望だったこともあり、ワールドカップなんかの海外取材にも対応できるようにと、親に頼み込んで2ヶ月ほどユタ州に語学留学に行かせてもらったらしい。そういう背景もあって、というか、まぁたった2ヶ月間の経験ではあるけれど、由衣夏は軽度の海外かぶれという点をもって、英梨ちゃんに不思議な仲間意識を持っているようだった。

英梨ちゃんは深い緑色の、駅前のブティックで売ってるおばちゃん服みたいな独特の渋みのあるTシャツを着ていて、それが由衣夏の淡いピンクのウェアと合わさって、季節外れの桜餅みたいでちょっとおかしかった。私はテニサーの時に使っていた白い速乾生地のTシャツを着ていたから、私が英梨ちゃんとハグした時は柏餅みたいだったと思う。

よく見ると、英梨ちゃんの緑色のTシャツの背中にはビッチリと文字が書かれていた。

「ああ、これ？　チャリティランのTシャツ。金融業界で集まって、毎年チャリティのマラソンイベントやってるんだよね。内定者時代にボランティアで運営を手伝ったら、記念品で貰ったんだ。超cuteだよね！」

文字に見えたものは企業ロゴだった。人気女優が結婚した「一般人男性」が勤めていることで有名な外銀のほか、外コンや外資系保険会社の社名なんかがちらほら見えた。私は知らない会社も多かったけど、そこらへんの事情に詳しい港区女子が見たら狂喜するくらいにはすごいラインナップなんだろう。

一周5キロのランを無事に走りきれるだろうか……と不安だったけど、いざ走り出してみるとどうにかなるもので、1キロ8分というだいぶゆったりしたペースではあったけれど、私は意外なほどにケロッと完走してみせた。一緒に走っていた由衣夏はかなりしんどそうだったけど、英梨ちゃんはほとんど息が上がっていなかった。

「うちの会社、トライアスロンとかやってる人多くて、私も影響されて最近トレーニング始めたんだ」

Triathlon に Training。センター試験のリスニング試験みたいな綺麗な巻き舌で英梨ちゃんはそう言った。彼女がこの4月から住んでいるという元麻布《もとあざぶ》の広めのワンルームの部屋の窓からは東京タワーが見えるらしい。家賃いくらなんだろう、と下品なことを考えてしまった。「うちの会社」。私の周りは、私もそうだけど「学生時代に一番力を入れたことは飲み会です」みたいな友達ばかりだったし、留学に行ったりTOEICの勉強を頑張ったり、就活で外銀とか外コンとかを受けたりするような人はあまりいなかったから、英梨ちゃんの言う「うちの会社」が一体何をしている会社で、そこで英梨ちゃんが何をしていて、どれくらいの給料を貰っているのか、全く想像ができなかった。

「実際、給料いくら貰ってるんですかぁ?」

私が一番聞きたかった下品な疑問を、丸の内のモダンメキシカンの賑やかな店内で英梨ちゃんに投げかけてくれたのが、沼田だった。皇居ランを愛する者として今日のイベントを見過ごせなかったのか、誰に誘われたわけでもなかろうに、勝手に参加していた。

皇居ランを終えた一行は、ロッカーに戻ってシャワーと着替えを済ませたあと、パーソンズの同期飲みでよく使う丸の内のモダンメキシカンのお店に向かい、人数分のハートランドが揃うと栗林の音頭で乾杯した。ロッカーでポカリをごくごく飲んだ私の体は、まだまだ足りないとでも言うようにビールをぐんぐん吸収した。適当に頼んだナチョスやらセビーチェやらがテーブルに届く頃には、私たちは自然と近くの人同士で、いくつかのグループに分かれて会話していた。一番端っこに座った私の向かいには由衣夏が、隣には英梨ちゃんが座っていた。そして、英梨ちゃんの向かいには沼田が陣取り、例の質問をニヤニヤと笑った顔の、醜く歪ませた口の隙間から吐き出したのだった。

「私はバックオフィスだし、まだ1年目だし、多分みんなとあんまり変わらないよ。ところで沼田くんはどんな仕事してるの？」

上品に躱《かわ》した英梨ちゃんは、それ以上の追及を嫌がったのか話題を強引に変えた。

「僕？　英梨ちゃんと同じくバックオフィスなんだけど、社長命令で新規プロジェクトやってるんだ」

「え～すごい！　新規プロジェクトって、具体的には何やってるの？」

「エレベーター」

「エレベーター？」

「うん、オフィスのエレベーターが、出社ラッシュの時間に恐ろしく混むから、それをどうにかしろって社長から総務部に直々《じきじき》に命令があってさ」

エレベーター。自信満々といった感じの沼田が嬉々として語る話を、英梨ちゃんはややポカンとした顔で聞いていた。

通勤時間帯のエレベーターの混雑は、以前から社員にいたく不評だった。エレベーターホールには人が溢れ、ひどい時は5分くらい待たないと乗れない日もある。遂に宇治田社長が「総務部は何をボーっとしてるんだ」と役員会議でブチ切れたらしく、改善命令が総務部に下った。おそらくは総務部長の「若いうちから大きな裁量が与えられる」とか「地味な仕事だけでなく社外とも連携した新規プロジェクトを経験できる」とか、そういう宣伝文句でこの不人気部署の現状を少しでもマシなものにしたいという下心もあったのだろうが、とにかく沼田がプロジェクトリーダーに指名されたらしい。

それで沼田は最近、エレベーター業者の人とお昼時の混雑したエレベーターホールをウロウロして、自らが取り組んでいるその偉業を周囲の人にアピールしたいのか、専門用語なんかをたっぷり織り交ぜながら、わざとらしい大声でディスカッションしていた。例の読書タイムにもより熱が入っているようで、用事があって総務部の脇を通りがかったときに沼田のデスクを覗いてみると、エレベーターに関係があるのかないのかも分からない、小難しそうなタイトルのシステム開発の本を楽しそうに読んでいた。最近の沼田の堂々たる表情を見る限り、彼は自分の仕事にひどく満足しているようだった。素晴らしいことじゃないか、と私は思ったが、同期のみんなは違った。そんな沼田のことを「なんか最近、頑張っちゃってるらしいね」だなんて揶揄して笑う人が、やけに多いのだ。

「エレベーターの魔術師」。沼田は最近、同期の間でそう呼ばれるようになっていた。

なるほど、みんなの総務部や沼田に対する不思議な態度を見て理解した。彼らの耳には「仕事だけが人生じゃない」という現代社会の発する正しい声が届いているのだが、しかし人間の考えなんてそんなにすぐには変わらない。仕事で評価される以外の人生の歓びを、彼らはいまだに見つけられない。彼らは結局のところ競争の子だ。何もしたくないけれど、でも誰かより少しだけ勝っていたい。それで、これまで学歴を自慢してきたように、どこに配属になったとか、誰がチューターに付いてくれたとか、そういう外からの見られ方、つまりステータスで自分を表現することにしたのだろう。同期と飲んで「その部署は完全に出世ルートでしょ」とか褒め合いながら、「でも仕事だけが人生じゃないからね」と、ハードワークしてバリューを出すわけでもない自分の怠惰さに向き合うことから上手に逃げている。立派な大学を出た賢い彼らは、そうやって上手に自分を好きになってあげる、そしてその満ち足りた自己愛を交換する術《すべ》を、見事に編み出したのだ。

「魔術師」というニックネームには、彼らの非常に複雑な感情が含まれているのだろう。総務部「ごとき」の仕事に本気になっちゃって、という侮蔑《ぶべつ》と、にもかかわらず社内で目立つ存在となっていることに対する微かな嫉妬《しっと》が、そこには入り混じっているようだった。「社長直属のプロジェクトリーダー」だなんてやる気満々で張り切っちゃってるけど、所詮はあの総務部の、会社に1円の利益も生まない仕事に過ぎない。そんな仕事を頑張ったところで、沼田が自分よりも価値ある人間になれるはずがない。当然、「エレベーターの魔術師」が新人賞レースに絡むなんてことは、絶対にあってはならない。それは彼らが、会社の中で足踏みをしている自分の尊厳を守るための切実な心の叫びなのだろう。

しかし、「クビにならない最低限の仕事」しかやらないと宣言していた沼田が、たとえ上司からの職務命令とはいえ、今回のエレベータープロジェクトだけでなく、総務部のお局たちを感心させるほどの仕事をやっているという事実は、あの宣言を目の前で聞いた私にとっては意外だった。入社してから3ヶ月が経つが、その間に沼田の中で何か心境の変化みたいなものがあったのだろうか？　それとも、この矛盾したふたつの態度には、彼なりのひそかな意図が隠されているのだろうか？

「やっぱり、個人的には三菱《みつびし》電機のエレベーターが一番なんですよ。上等なシャンパーニュの立ちのぼる泡のような心躍る加速、そして女王をエスコートするジェームズ・ボンドのごとくエレガントな減速……僕くらいになると、乗ればすぐ分かるんですよ。目を瞑って乗ったって分かる」

同期たちの冷たい目線にはちっとも気付いていない沼田の、誰も興味を持っていないエレベーター談義は延々と続き、英梨ちゃんは引き攣った笑いのままで、せっかくパリパリだった700円のナチョスは少しずつ湿気ていった。

＊

「次は浜松町《はままつちょう》」「次は田町《たまち》」「次は品川《しながわ》」

五反田駅に向かう山手線は、今日も飽きることなく元気にぐるぐると回っている。朝の通勤ラッシュを終えた車内はガラガラで、9月のまだ濃密な陽光が乗客のいない床の上を跳ね回っている。

最近、私は気分が良かった。試行錯誤の末にようやく自分の営業の型みたいなのができてきて、営業成績が安定的に伸びてきているのだ。それは単なる「慣れ」の話なのかもしれない。ドラマでは「上司から一子相伝の営業心得を教えてもらえた途端にメキメキ売れるようになる」みたいな展開がたまにあるけれど、実際のビジネスの現場ではそんなことは稀だ。今の私みたいに、何となく売れるようになって、何となく自信が付いて、そうなると堂々と営業トークなんかができるようになって、それでまた何となく売れるなんていう、地味な展開が現実なのだろう。とにかく私は8月のノルマをどうにかクリアしたのを皮切りに、9月は序盤から五反田でドミナント出店をしている串焼き居酒屋チェーンの新規大型受注（と言っても30万とかだけど）を獲得、日頃の手厚いサポートが評価されて既存顧客からの継続受注や追加受注も取り付けて、月の半ばには早くもノルマをほぼ達成していた。

「まだまだ直さなきゃいけないところはあるけど、まぁ成長したんじゃない？　この調子で引き続き頑張って」

ある日の詰め会で、いつものように細々とした改善点をいくつも指摘しながらも、浜口課長は私のことを普段と同じ事務的な口調で、しかし確かに褒めてくれた。ありがとうございます、となるべく素気なく答えてデスクに戻り、コーポレートカラーのかわいい黄緑色のクッションがついたワークチェアに深々と腰掛ける。表には出すまいと我慢していたけど、それでも心の中で、静かな喜びがどうしようもなく、プクプクと湧き上がってくる。

その日も19時過ぎには退勤できたので、私は神田橋のジムに着替えに向かった。同期の飲み会からは気付くと足が遠のいてしまっていた。彼らの自意識に対する意地悪な気付きを経て、何となく居心地が悪いような、そこにいることが彼らとの共犯関係を深めてしまっているような気がしたのだった。それで私は、一人で皇居ランを始めることにした。

夜の東京の景色が目まぐるしく変化してゆく。車がビュンビュン行き交う片側四車線は国立近代美術館を過ぎるとぐっと狭まり、まるで高原の散策路のような深い緑に囲まれた道が続く。ＴＯＫＹＯ ＦＭのビルの先は緩い下り坂。最高裁判所や憲政記念館、暗い木立の奥に眠る鯨みたいな建物をぼんやりと眺めながらお堀の脇を走り抜けると、急に視界が開けて、丸の内のビル群が金色の光の粒子を纏《まと》って姿を現す。

走るとき、私は孤独だ。走り始めは仕事のことを考えたりもするけれど、一段落すれば自然に内省が始まる。こうやって一人でぼんやりと考え事をしながら過ごす時間を、私は随分久しぶりに持った気がする。

クールダウンのために最後は少し歩いて、スタート地点の竹橋の広場に戻ってくる。高層ビル群の隙間の奥に、パーソンズの本社ビルがチラリと見えたが、バイト営業部が入る８階には照明がついていた。きっとまだ、浜口課長はオフィスで働いているのだろう。部下にストイックな業務姿勢を要求する彼女は、他ならぬ彼女自身に対してとびきりストイックだった。残業時間制限をかいくぐるため、土日はもちろんのこと、年末年始もサービス出勤をしているという噂まであった。

そんな浜口課長になぜこうも惹かれるのかという疑問に、私は自分なりの答えを持つようになっていた。彼女は、ある意味で私のことを人間だと思っていない。彼女自身のこともそうなのだろう。浜口課長は、会社において人間は売り上げを生み出すための大きな機構の部品だと認識している。だから、猫撫で声で部下の機嫌を取るとか、たまに飲みに誘ってやるとか、そういう湿っぽいコミュニケーションは不要だと考えている。上司は部下がなるべく多くの売り上げを作れるよう監督指導しさえすればいいし、部下はその通りに動いてなるべく多くの利益を達成しさえすればいい。そうしたドライな関係を築くことが難しければ、異動でも転職でもすればいい。だから彼女は私たち部下に平然と厳しい指摘を伝えるし、期待されるバリューを発揮できていなければ容赦なく悪い評価を付ける。その代わり、先月の私のように成果を出せば褒めてくれる。不器用ではあるけれど、それが彼女なりの部下を愛する方法であり、私にはそれがピタリと合うようだった。それはきっと理屈なんかではなく、生まれつきの心の形の問題なのだろう。単純で純粋で、そしてひどく公平なその関係性に、私は心の底から満足していた。

言われてみると、昔からそうだった気がする。KYという単語は遥か昔に死語になったが、私が育ってきた時代のキーワードは間違いなく「空気」だった。空気を読んで、その場その場に相応しい言動を、いつの間にか共有されていた透明のマニュアルブックから即座に引用する。それが苦手な子は、皮肉なことに空気のように透明になってゆく。それは「正しい」行動を等価で交換し合うゲームでもあった。欲しいものを、欲しい分量で相手に届ける。過不足があると「空気が読めない」と言われる。心と心の触れ合いなんかではなく、TPOをよく弁《わきま》えた笑顔で、「してほしいこと」をやりとりすることの単調な繰り返し。現代においては悪しき伝統として取り扱われるそれが、学生時代の私にはなぜだか心地よかった。むしろ、親しい間柄になった途端、密室で突如として開示される人の生々しい感情や欲求のほうが苦手だった。

浜口課長は違う。彼女と私との間には、メリットの相互提供という無味乾燥な関係しか存在しない。人としての情とか、利害を超えて愛し愛されるなんていう美しい期待が一切排除された彼女のその振る舞いが、心地よかった。

そこは私にとって、生まれて初めて見つけた安全な場所だった。応分の報酬を誰かに図々しく求めてしまう自分のままでいることを許されて、思いっきり息ができるような気がした。長い長い酸欠の苦しみから、この大手町の冷たいガラスのビルの中で、ようやく解放されたのだ。


ただ同時に、彼女とのその関係が世間一般に受け入れられるものではないことにも気付いていた。うちの部署に、中川《なかがわ》さんという私の一つ上の男の先輩がいた。この春から浜口課長の厳しいご指導を受け始めた彼は、彼女と徹底的に合わないようで、いつも真っ青な顔で出社していた。

「中川くんはちょっと事情があって1週間ほどお休みすることになりました、業務のカバーは別途指示するので対応お願いします」

中川さんが突如として会社に来なくなった日、浜口課長は朝会で事務的にそう告げた。前任の課長時代よりもグッと高く設定されたノルマや、それを実現できないことへの課長からの毎日の「ご指導」が、彼のメンタルを蝕《むしば》んでいたことは誰の目にも明らかだった。「色んなことから逃げてきた弱い自分をパーソンズで変えたい」と公言し、だからこそバイト営業部への配属を希望したという中川さん。しかし弱い自分を変えることはできず、おそらくはそのまま倒れてしまった彼の、いかにも気の弱そうな色白な顔を思い出す。「バリュー」を当然のように求めてくる浜口課長のやり口が私は好きだけれど、残念ながらそれは現代的なものではないということに、私も薄々気付き始めていた。

　そして浜口課長との関係、という基準点ができたせいで、他のあらゆる関係の何がダメなのか、何が足りないのかが無慈悲にも照らし出されることになった。私は気付けば、由衣夏との、それから母との関係について考えていた。

＊

〈ね、英梨ちゃんの皇居ランのやつ一緒に行かない？笑〉

夏の余韻はすっかり拭《ぬぐ》い去られて、窓の外には10月の重たい曇り空が見えた。この〈笑〉は何だろう、と、週末に自宅の2階の自室のベッドに寝転びながら私は考える。こういうある種の媚びを含んだコミュニケーションを、由衣夏はさほど仲良くない同期に向けることはあっても、少なくとも私にしてきたことはなかった。そういえば最近、由衣夏とは全然連絡を取っていない。由衣夏とのやり取りはいつも私から発信されていたから、私が連絡を怠ると自然と二人の間に交流はなくなる。この数ヶ月で私は由衣夏にとって「さほど仲良くない同期」の一人になってしまったのだろうか。それとも、由衣夏にとって私は元から「特別仲のいい同期」なんかじゃなかったのだろうか？

　事の発端は、英梨ちゃんのパーソンズの同期ＬＩＮＥへの投稿だった。

〈久しぶり！　みんなまだ皇居ランやってる？笑　この間楽しかったから、ゴードンの同期で皇居ランサークル作ったのだけれど、パーソンズのみんなとも一緒にやれたらいいなって〉

彼女はまだＬＩＮＥグループに入っていたのか、とまず思って、そういう敵意じみた気持ちを英梨ちゃんに対して自分が持っていることに驚き、そのまま返答を保留した。由衣夏からのメッセージに対しては、１分近く書いては消しを繰り返して、絵文字も、もちろん〈笑〉も使わず、〈由衣夏も行くなら行く！〉と、素知らぬ顔で返信した。いかにも親しい間柄らしい、そのたった11文字を無事に送信したらどっと疲れて、私はスマホを投げ出して、思考放棄のための眠りに落ちていった。

英梨ちゃんの皇居ランは２週間後に開催された。前と同じ水曜日の19時スタートで、開始場所も竹橋の仮設フェンスに囲まれた広場だった。二社合同皇居ランという得体の知れなさのせいか、パーソンズ側は前回からさらに参加者が減って、由衣夏と私、栗林、そしてなぜか沼田という４名だけだった。ゴードン側は「業務が忙しい人も多くて」と、英梨ちゃんを入れて３人しか来ていなかったから、だいぶこぢんまりした会になった。

面白かったのは、英梨ちゃんが連れてきた同期の男と女が、双子かと思うほどに似た見た目をしていたことだった。男女の体格差はあれど二人とも高身長で、肌はツヤツヤと内側から光を放っており、濃い眉の下の二重瞼《ふたえまぶた》が作る陰影には、絶対的な自信がくっきりと刻まれていた。自分はどこに出しても恥ずかしくない存在だという揺るぎない確信を、ランニングウェアに包まれたモデル体型のあらゆる部位から惜しげもなく発散させていた。

参加者の属性が変わったところで皇居ランのコースが変わるわけもなく、その日も私はいつも通りキロ８分をやや切るくらいの軽いペースで完走した。栗林は序盤に飛ばし過ぎたらしく、桜田門のあたりで腰に手を当ててしんどそうに歩いているところを追い抜いてやった。外銀の「双子」は二人ともスタート直後から背中がどんどん遠くになり、千鳥ヶ淵のあたりからまったく見えなくなった。私がゴールに着く頃には二人はクールダウンのストレッチをしながら談笑していて、その光景はまるで会社説明会で配られるパンフレットによく載っている「退勤後も同期たちと充実した時間を過ごしています♪」というキャプションのついた写真のようだった。彼らは笑うとき歯をニッと剝き出しにする癖があり、歩道の冷たいライトのせいか、そのトウモロコシみたいにぎっちりと等間隔に並んだ歯が場違いなほどに輝いていた。

「実際、給料いくら貰ってるんですかぁ?」

前回に続き参加していた沼田のデリカシーのなさに噴き出しそうになる。私たちは神田駅西口にある、会社の若手の飲み会でよく使う肉ビストロにいた。沼田は、生の春菊の山盛りサラダを勝手に頼み、ヤギみたいにモシャモシャと頰張っていた。人生の様々な葛藤からこの男だけはまったく自由で、パーソンズに入る前と後で、驚くほどに変化がないように見えた。

「……まだ1年目だし、多分みんなとあんまり変わらないよ。ところで沼田くんはどんな仕事してるの?」

双子の兄のほうが、いつかの英梨ちゃんと全く同じように淀みなく答える。外銀業界では、この手のダルい質問を躱すためのマニュアルが整備されているんだろうか。

「僕ですかぁ? 最近まではファシリティ関係の新規プロジェクトやってたんだけど、もう終わりそうなんです」

ファシリティ関係の新規プロジェクト。ものは言いよう、がどんどん洗練されていると感じつつも、それよりも「もう終わりそう」が気になった。

「へぇ! 新規プロジェクトか、詳しく聞かせてよ」

そうして沼田は、待ってましたという顔で嬉々としてエレベータートークを始めた。かつて英梨ちゃんを呆れかえらせたその話を、しかし双子の兄はいやに目を輝かせて聞いていた。

「すごい！　いや、本当に感動してるんだ。アプローチがアジャイル的というか、現代的なプロジェクトマネジメントの実践そのものだよ。やっぱりその手の本を普段から結構読んでるの？」

「おっ、話が分かる人がいるもんですねぇ。そうなんですよ、プロマネに関して言えば、最近だとやっぱりシステム開発領域が一番先進的ですから、エレベーターの問題に取り組むとなった場合でも、エンジニア向けの本なんかを読むことになるんですよね。でも周りから見たら、関係ない本を読んで遊んじゃって、とか言われるんだから！　無知は罪ですよ、まったく」

二人で大爆笑。沼田と馬が合う人間というのを私は初めて見た。エレベーターのプロジェクトなんて、所詮は会社に1円も直接的な利益を生み出さない、社長命令と言えば聞こえはいいけど社長の適当な思いつきで始まった適当なプロジェクトに過ぎないのだと、同期たちはみんな自分に言い聞かせていたから、今日のこの光景はひどく意外なものだった。

「ねえ、ずっと聞いてみたかったんだけど、日系の会社ってチャリティ活動がないって本当？」

双子の兄のほうは沼田と相変わらず盛り上がっている一方で、今度は双子の妹のほうが隣に座る私に問いかけてきた。青と白のチェック模様のかわいらしいクロスが敷かれたテーブルの天板の上で、彼女はワイン通の芸能人がテレビでやるみたいに赤ワインのグラスをぐるんぐるん回していた。そんなおじさんめいた所作も、毛量の多いロングヘアーの黒髪に化粧の薄い、しかし目鼻のはっきりした彼女がやると、嫌味なくらいに堂に入っていた。

「チャリティ？」

「例えば私は、児童養護施設で進学サポートをやったり、多摩に行って植林したり、あと最近は、海亀の産卵環境を守るために、小笠原のビーチを清掃したりしてるよ」

「……それ、会社から給料出るの？」

「まさか！　チャリティだから無給だし、むしろ少額だけどこっちが寄付金を出してるくらい」

春子《はるこ》ちゃん、という古風な名前らしい妹が言うには、彼女の会社には無数のチャリティ・プログラムが用意されていて、社員はそこから興味があるものを選んで週末に自主的に参加するのだそうだ。さもしい私を牽制するために、春子ちゃんはご丁寧に「もちろん」と冒頭に付けた上で、チャリティへの参加は会社の評価に無関係なのだと説明してくれた。

「もともと社会に好ましい影響を与えられる人間でありたいって思ってたから、チャリティに積極的なコミュニティの一員であることに、私は誇りを持ってるんだ」

会社のウェブサイトのCSRのページに書いてあるようなことを、春子ちゃんはスラスラと口にした。その真っ直ぐな目。彼女はファッションや実利のためなんかではなく、本心でチャリティを愛しているのだと理解した。彼女は「社会に好ましい影響を与える」という人生の目的を人生のどこかで見つけて、それを軸に会社も選んで、実際にチャリティ活動をやっている。英梨ちゃんが着ていた例のチャリティランのTシャツを部屋着にして、ふと洗面所の鏡に映ったTシャツと自分の顔を見て、ニコリと満足げに笑うのだろう。

「え、それって本心で言ってるんですか？」

そんな美しい光景に対する私の想像を無遠慮にぶち壊したのは栗林だった。

「え、どういうこと？　もちろん本心だし、実際に来週も小笠原に行くよ」

「だって、外銀って超競争社会なんじゃないの？　そんな業務外の、綺麗事みたいな趣味をやる余裕なんてあるの？」

その刺々《とげとげ》しい言葉とは裏腹に、栗林は決して喧嘩腰という訳ではなかった。おそらく栗林は、純粋に困惑しているのだろう。失われたヤンキー文化に憧れる彼のことだから、外銀のことを競争社会だと、かつてのパーソンズのような素晴らしい場所だと認識しているのかもしれない。それで、ライバル意識と同時に親近感を持っていたはずが、拍子抜けしてしまったのだろう。

「そりゃ、他の業界より激務だろうし、社内の競争もシビアだけど、私たちはただ競争で勝つためだけに仕事してるわけじゃないよ。だって、人生って仕事だけじゃないし、仕事も競争だけじゃないでしょ？　人生を豊かなものにするためにも、仕事でこそ競争以外の価値を大事にしなきゃ。だから、私は仕事も頑張るし、チャリティも頑張る。もちろん、チャリティ以外にも楽しいことをもっと見つけたくて、最近はサーフィンも始めたんだ。ダイビングの資格も取りたいし」

普段から自分の人生哲学を明確に認識し、うっかり何かに熱中してその道から外れたりしないよう毎日読み返しているのだろうか。春子ちゃんは少しも言い淀むことなく立派なスピーチをぶってみせた。栗林は、それをどう受け止めていいものか未だに分からないようだったけど、しかしその異様な説得力に気圧《けお》されて、とにかく分かったように何度か頷いて、そのまま黙り込んでしまった。

双子の兄と沼田は、そんな不思議な諍《いさか》いなんて聞こえないくらいに熱中してまだ話し込んでいる。話題は巡りに巡って、最近のスタートアップの資金調達環境の話になっているようだった。兄はここ数年のうちに起業するつもりらしく、週末副業として大学時代の友達がやっているベンチャー企業を手伝っているのだそうだ。

「……ほら、例えば修平《しゅうへい》くんも、東大のゴルフ部出身だから今でもほぼ毎週ラウンドに行ってるし、年末年始は毎年家族で1週間くらいニセコに泊まってスキー合宿するんだって！　相当な激務だっていうのに、超人的なバイタリティだよね」

栗林のせいで生まれた気まずい空気をどうにかしようとしてか、向かいに座っていた英梨ちゃんが、多少の無理を含んだ明るさで修平くんを褒める。修平くんとは双子の兄のことで、聞き慣れない用語が頻出する英梨ちゃんの説明を私なりに嚙み砕いた限りでは、彼はどうも投資部門みたいなところにいるらしい。

「今はＯｐｓやってるけど、ＦＩＣＣセールスの人に誘われてるからモビリティしようかな〜」

ラーメン二郎のコールみたいな呪文を唱え、英梨ちゃんは微笑んだ。彼女にとって修平くんは憧れの存在で、いつか自分もＦＩＣＣセールスとやらに異動した暁には手にするであろう価値を先行して示してくれる人間でもあるのだろう。


ぐるぐるぐるぐる。春子ちゃんに触発されたのか、英梨ちゃんも修平くんも、お店の定番メニューのハラミステーキに合わせて頼んだ重めの赤ワインのグラスを回していた。

私は理解した。彼らは、私たちとは根本から違う。彼らは仕事以外に存在するであろう自分の人生のゴールを明確に理解しているか、熱心に探そうとしている。何をすれば自分が満足するのかを、おそらくは幼い頃からの弛《たゆ》まぬ熟考によって既に見出しているか、それが分からないとしても、とにかく他人がいいと言っているものを片っ端から試してきている。彼らは人生を前に進めたいという強靭《きょうじん》な意志と、その意志を実現するための無限に湧き出すバイタリティを持っている。

トイレに行った時スマホで検索したら、私たちと彼らの年収には早くも相当な差があったし、その差は年々大きくなってゆくし、職位が上がれば青天井だという。その分、彼らは想像を絶する労働量をこなしている。その上で、週末にはチャリティやらサーフィンやらスキーやらを平気でやっている。「むしろ何もしていないと気が変になりそう」だと春子ちゃんは言っていた。エンジンというか、オペレーションシステムというか、そもそも人間の作りが違うのだ。

「仕事だけが人生じゃないじゃん」

安いお酒を飲みながら、せいぜい社風やマネージャーに関する悪口を言い合う以外に人生の選択肢を持たず、それを見つけようと努力することもしない私たちパーソンズ２０１９年入社組のその言葉は、彼らの前であまりに軽いもののように思えて仕方なかった。


私は由衣夏と久々にゆっくり話したかった。そのために今日のこの皇居ランに参加したはずなのに、当の由衣夏は英梨ちゃんと、それから春子ちゃんと話し込んでいた。二人から仕事の話をやけに熱心に聞いて、しきりに頷いている。その傍では、修平くんと沼田の白熱したベンチャー論議がまだ続いているようだった。どちらの話にも交じれない私と栗林は、左右で交わされるキャッチボールを曖昧に目で追って、たまに愛想笑いなんかもしたりして、居心地の悪さをなるべく消そうと試みていた。

「しかし沼田くん、すごい知識量だね！　まさか、起業にも興味あるの？」

修平くんが上機嫌でそう言いながら、空になった沼田のグラスに赤ワインを注ぐ。褒められて気を良くして、自分も「向こう側」にいる価値があると思い込んでしまっているのか、沼田もワイングラスを「ぐるぐる」させていた。

「いえ、お金をたくさん稼ぐことにも、成功者として西麻布あたりでイキることにも興味はないですから、自分で起業するつもりは特にありません。大学の頃に意識高い系のビジコンサークルにお遊びで入ってたから、昔取った何とやらでちょっと詳しいだけですよ」

「あ〜、うちの大学にもあったよ、ビジコンサークル。申し訳ないけど、僕、あんまり好きじゃなかったな。いや、沼田くんを責めてるわけじゃないんだ。あの手のサークルによくいる、いつか起業したいとか言っといて、頑張ってる人間を偉そうに評価して、それで結局起業もせずに、のうのうとサラリーマンになる連中が苦手なんだ。沼田くんがいたサークルで、実際に起業した人っていた？」

「……一人だけ、いましたね。今は怪しい、ほとんど詐欺みたいな事業をやってるらしいですけど。昔からビジネスのセンスがないやつだったから、仕方ないのかもしれませんが」

いつもの沼田の、高台から人を見下すような余裕の微笑みがその一瞬だけ、ほんの少しだけ曇ったような気がした。それが一体どんな経緯によって作られたどんな感情なのか、私にはさっぱり分からなかったけれど。

慣れない赤ワインを結構飲んでしまったこともあり、帰りの新宿線の中では頭がずっとふわふわしていた。しかし、その気持ちよく弛緩した時間も、電車が本八幡に近付くにつれていつもの厳粛さを取り戻していった。腕時計を見ると22時54分。微妙な時間だ。微妙というのは、お母さんがまだ起きている可能性が高いということだ。

2年前の秋にお父さんのニューヨーク駐在が決まって、夫婦の話し合いの末にお母さんは日本に残ることを決めた。それはおそらく、就活と、その後の慣れない会社勤めで色々と不安になるであろう娘をサポートしてあげたい、という彼女の強い希望によるものだったのだろう。事実、お母さんは毎日、私のために健康的なごはんを用意してくれた。私が外出している間にリビングやお風呂を掃除してくれた。玄関の飾り棚に置かれた花瓶に、季節のうつくしい花を挿してくれた。その、全く完璧に整えられた家に、私は酔っ払ったまま帰るのが苦手だった。

それで私はいくつかの抜け道を用意していた。ひとつは帰らないこと。大学の頃は、高田馬場《たかだのばば》の安居酒屋での飲み会が終わると、下落合《しもおちあい》あたりで一人暮らしをしている地方出身者の家に押しかけて朝までオールで宅飲みをした。翌朝は電車の中でポカリの大きなペットボトルをがぶ飲みして酔いを覚まして、素知らぬ顔で家に帰る。大学の頃ならそれでよかったが、社会人になるとそうもいかない。もうひとつの抜け道は、お母さんが寝たあとに帰ること。お母さんは夜ごはんの片付けが終わるとすぐにお風呂に入って、テレビを見たり本を読んだりして、23時前には寝てしまう。お母さんが寝る直前の22時半とかに帰ってしまうと、お母さんは私がお風呂に入って、「おやすみ」を言ってから2階の部屋に戻るまで、何時までもずっと起きている。それが申し訳なくて仕方ないから、お母さんがまだ起きている時間に帰宅しそうになると、23時半までやってる駅前のガストでコーヒーでも飲みながら時間を潰して、お母さんが確実に寝ている時間に静かに鍵を差し込むのだった。そうしてドアを開けた時に、玄関の電気が死んだように消えていて、ドアの隙間からひんやりとした空気だけが流れ出てくると、後ろめたさを孕んだ不思議な安心感を覚えた。

本八幡の駅に着いたのは23時過ぎ。このままゆっくり歩いて帰れば家に着くのは23時半くらいになる。それなら大丈夫だろうと、私は酔い覚ましのホットコーヒーを駅前のコンビニで買って、啜りながら歩いた。私は一体いつまで、こんなふうに暮らさないといけないんだろうか？　一人暮らし、という選択肢が、最近しばしば浮かんでくるようになり、大手町に通いやすく同期がたくさん住んでいる門前仲町《もんぜんなかちよう》あたりの賃貸物件情報を暇潰しに見るようになった。パーソンズの給料なら、広さに拘《こだわ》らなければ築浅で駅近の物件が借りられる。家事ができるか不安だったけど、食べ物にこだわりがあるわけでもないし、適当に野菜スープでも作って食べればいい。洗濯だって、奮発してドラム式洗濯乾燥機を買えば手間がかなり減ると由衣夏が言っていた。お風呂掃除は週末に頑張ればいいし、素敵なお花なんて飾らなくても日々は淡々と過ぎてゆく。あとは敷金や礼金などの初期費用だけど、年末に冬のボーナスが出れば足りるだろう。合理的に考えれば、職場までドアトゥードアで1時間かからない東京近郊の実家で、「お金なんて入れなくていい」と言ってくれるお母さんが何から何まで全部やってくれるのだから、わざわざ高いお金を払って一人暮らしをするなんて理屈に合わない。でもこれは理屈を超えた話なのだと思う。いつか家を出ようという、そのいつかを強い意志で手繰り寄せないと、私を長らく包み込んできたこの非致死性の柔らかな息苦しさから、永遠に抜けられない気がした。

家に着いたら、道路に面した小窓のカーテンの隙間から、温かな光が薄く漏れ出ていた。お母さんはまだ起きている。そういえば今日は、「遅くなるので先に寝てて」とＬＩＮＥを送ろうとして、なんとなく送信ボタンを押す親指が重たくて送れていなかった。連絡をよこさない私を心配して、わざわざ起きていてくれたのだろうか？

これからどうしよう。家に入って、「連絡しなくてごめんね」と、申し訳なさそうな顔をしてお母さんに謝る？　それともここにこのまま立ち尽くして、電気が消えるのを待つ？　安らぎに満ちているはずの家の目の前で、こんな時間に私は何を悩んでいるんだろう。手に持っていたコーヒーの熱は、誰もいない秋の深夜の住宅街の空気に奪われて、今すぐ放り出したいくらいに生ぬるくなっていた。

＊

翌週の朝、１通のメールを巡って社内がザワついていた。

〈【ご協力のお願い】10月21日〜　エレベーター新運用ルールのテストを実施します〉

総務部代表からのメールで、末尾にはちゃんと「担当者：沼田」と書いてあった。

先週、広報部にいる同期が「『エレベーターの魔術師』に聞いた！　混雑緩和《かんわ》、どう実現？　〜前編〜」という取材記事をＷｅｂ社内報に載せたこともあり、突如として沼田の名前は社内で広く知られるようになっていた。記事には、エレベーター混雑緩和プロジェクトの発足経緯や、沼田が作ったらしい小難しい分析表みたいなのは載っていたけど、肝心のソリューションについては「来週の発表を待て！　乞うご期待」と、下手な煽り文しか書かれていなかった。ここ数ヶ月、見せつけるかのようにエレベーターホールであれほど魔術師らしい振る舞いをしていた沼田が振るう魔術とは一体どんなものなんだろう？　自分の暮らしと無関係なスポーツの日本代表戦を見守るような気軽な感じで、みんな沼田に注目し始めた。

翌週、当のエレベーター新運用ルールが発表されると、また別のザワつきが起きた。今度のそれは、みんなのうっすらとした期待が裏切られたことの、失望の笑いだった。みんなが想像していたのは、セキュリティゲートに小さな液晶画面が埋め込まれて、カードを機器に押し当てたら液晶に「あなたはこっちのエレベーターに乗ってください」と表示されるとか、何と言うかこう、分かりやすくカッコいいソリューションだった。エレベーターの混雑緩和みたいな、あまりに地味なプロジェクトにはせめてそれくらいの派手さが欲しかった。

だが実際に行われたのは、エレベーターの階数ボタンにいくつかの「バツ印」が印刷されたシールを貼る、というだけのことだった。あるエレベーターは10階までの偶数フロアに、別のエレベーターは11階から先の奇数フロアに……と、エレベーターごとに停止するフロアを制限するために、管制システムみたいなものを変えるわけでもなく、安っぽいシールをボタンに貼っただけ、という超アナログな施策だった。「社外のお客さんも数多く訪ねてくる自社ビルなのに、シールだなんてみっともない」「やっぱり、魔術師なんて言っても所詮は総務部配属のポンコツか」自分たちを安心させるかのように、みんな彼のことを笑った。

しかしその笑いはすぐに止んだ。どういう理屈なのか、原価にして数百円程度の施策によって、毎朝のエレベーターの混雑は分かりやすく解消されてしまったのだ。人を食ったようなその作戦を社長も随分お気に召したらしい。まずエレベーターに乗って現物のシールを見て大爆笑、そして実際に小さなシールが絶大な効果を生んだことにまた大爆笑で、沼田には社長から直々に大絶賛のメールが届いたという噂だった。英梨ちゃんの皇居ランの日、あの外銀の男が沼田をこれまた大絶賛し、意気投合していたのを思い出す。沼田はひょっとして、愚かな私たちが気付いていないだけで実はすごいビジネスパーソンなんじゃないか？　もしかしたら沼田は、エレベーターの功績を引っ提げてこの勢いのまま、新人賞を獲ってしまうんじゃないか？　もしそれが実現したら、みんなどんな顔をするだろうか？


沼田のエレベーターフィーバーの陰で、由衣夏が最近会社を休みがちだ、という話を社内のあちこちで聞くようになった。うちの課の中川さんとは違い、あの元気な由衣夏のことだから別にメンタルが不調なわけではなく、有給を存分に駆使して平気で丸々1週間休んだりとか、突然その日の午後休みを取ったりするようになったらしい。パーソンズは人材系の会社ということもあり、これが意味するところをみんな知っていた。転職活動だ。

人生を前に進めようと努力することは恥ずかしいことではなく、むしろ素晴らしいことだ。ただ、由衣夏のこの行動は同期の間で小さな波紋を起こしていた。

「最近、英梨ちゃんとよく遊んでるって言ってたし、そうやって媚び売って、リファラルでゴードンに入れてもらおうとしてんじゃないかな?」「えー、TOEIC６００点って言ってたし外銀とか無理でしょ普通に」「さすがにちょっと高望みし過ぎじゃない?」

たまに顔を出す同期の飲み会に、かつてほぼ全参加の勢いだった由衣夏の姿を見ることはなかった。彼女の欠席をいいことに、みんな由衣夏の挑戦について、辛辣なコメントを楽しそうに吐き出していた。

実際に由衣夏が転職活動をしているのかどうかは誰も知らなかった。でももしそうだとしたら、心当たりがある。ゴードンの３人との皇居ランの日、由衣夏は随分熱心に英梨ちゃんと話し込んでいたし、あの双子の話にも聞き入っていた。ただ、「仕事だけが人生じゃないじゃん」が信条の由衣夏が、激務で知られるゴードンに転職するだなんて理由が分からなかった。

動機はどうであれ、由衣夏がこうして仕事も仕事以外も同時に充実させようと行動していることで、相対的に自分たちが怠惰な人間であると指摘されているような気分になったのだろう。彼らは、余裕綽々のようでその実、自分の自尊心を守るため切実な由衣夏ディスりを始めた。どうせ由衣夏の転職活動は失敗する、私たちは身の丈を知った上で人生を楽しんでいるのだ、と新たな予防接種を心に施すことにしたらしい。

そして最悪なことに、彼らの汚らしい願望は無事に実現した。

〈11月末でパーソンズを卒業して、地元の地方創生ベンチャーにジョインすることになりました!〉

由衣夏が同期のＬＩＮＥグループに投稿したその長々とした文章によると、彼女は〈昔から、いつか生まれ育った富山に戻り、地元のために仕事がしたいとずっと思っていた〉らしい。それで、そんなことができる会社をちょうど富山で見つけて、地元の名産品であるカマボコなんかの魅力を〈東京へ、そして世界へ発信〉するのだという。もちろん、由衣夏が地元志向を持っていたなんて話は誰も聞いたことがなかったし、彼女がやっぱりゴードンのリファラル採用を受けて落ちたらしいという噂が同期の間で回った。

そらみろ。パーソンズに後ろ足で砂をかけておいて、それでいてゴードンには落とされて、居づらくなって勢いで辞めてしまったんだろう。でもそんなこと恥ずかしくて言えないから、彼女はいつものお得意の「仕事だけが人生じゃないじゃん」を盾にして、「仕事以外にやりたいことが見つかった」とか言い始める。それで、そこらへんのスーパーで売ってる安物と味の違いが分かりようのない地元製のカマボコとか、微妙な名産品にかわいいラベルを貼るだけ貼ってオンライン販売をしたり、妙にヤンチャな見た目の生産者たちが続々と出てくるインタビューが載るオウンドメディアを立ち上げたりして、「何かやってる感」をムンムンに出すんだろう……そうした噂がどれほど正確なのかは分からなかったが、しかし何にせよ、私たちはFacebookなんかでこういう「道を踏み外した」意識の高い同級生を飽きるほど見てきていた。

私のゼミの同期にも一人、そういう子がいた。新卒で入ったメガバンクを半年で退職して九州の実家に帰り、フリーランスのライターを始めたと言って、地元の魅力を発信するブログなんかを書いていた。「ずっとやりたかった仕事」「毎日が充実」だなんて、聞いたことのないＷｅｂ媒体のインタビューでは威勢よく語っていたけど、同期づてに聞いた話では、単にメガバンク独特の企業風土に馴染めなくてすぐに辞め、第二新卒ではロクな会社に受からなかったのだという。逃げるように実家に帰ったものの、地元のしみったれた会社で働くのも嫌で、ああいうキラキラした仕事を選んだのだと。キラキラした仕事というのは、そのキラキラで人を呼び寄せ、目を眩《くら》ませているけれども、結局あまり稼げない仕事が多い。

由衣夏がそういう、あまりはっきりと言いたくはないけど「残念な人たち」の一員になってしまおうとしているのだ。彼女は何を考えて、そんな大それた意思決定をしてしまったんだろう?

＊

由衣夏の報告を受けた翌日も19時過ぎには仕事が終わった。私はロンシャンの黒いトートバッグにランニング用品が入っていることを確認すると、バイト営業部のある8階からエレベーターに乗った。6階、5階、4階、3階……。奇数階のボタンには、例の「沼田シール」が貼られている。三菱電機製のエレベーターは、突如として、女王をエスコートするジェームズ・ボンドのごときエレガントな減速を見せた。2階。バックオフィス部門が集まるそのフロアからエレベーターに乗り込んできたのは、沼田だった。いつもの黒いリクルートスーツに、遠足に行く小学生みたいな黄色いリュックサック。「どうも」と言ってきたきり、気の利いた挨拶をするでもなく、薄っすらと笑いながら、ただ物欲しそうな表情で目を伏せている。

「今日も皇居ラン行くの?」

すぐに1階についてしまったエレベーターを降り、セキュリティゲートを通過するあたりで、わざわざ沼田にそう聞いてやった。彼の左手には、中身が詰まりすぎてパンパンになったアディダスの袋が握り締められていたのだ。沼田の表情の成分が、分かりやすく喜びに変化するのが分かった。

無理して合わせるのも馬鹿らしいから別々のペースで走ろうという話になって、同じ場所から走り出したものの、沼田はすぐに私を置いて走り去っていった。私はその日もいつものペースで走って、一周してスタート地点に戻ったら当然そこに沼田はいなかった。最近は多少ペースを上げても持つようになったし、そろそろ二周目を考えてもいいかもしれない。途中で疲れたら走るのをやめて、のんびり歩いて戻ればいいのだ。皇居ランはマラソンではない。誰と競うわけでもない。自分一人だけで、自分のやりたいように、自分のペースで、自分が走れる距離を走ればいい。

ロッカーに戻ってシャワーを浴びて、スマホを確認したら沼田からＬＩＮＥが来ていた。食べログのリンクと、〈ここで飲んでます〉という、意図の判断を相手に任せる文章。沼田らしい。〈行きまーす〉と返してやって、最低限のメイクだけをして神田駅近くのそのお店に向かった。

「イラシャイマセーッ」

そこはデートで行くような小洒落たお店ではなく、ビールは中ジョッキで３９０円、お通しはポロポロに崩れた魚のあら煮、店員さんは世界各国から日本にやってきた若者たちという肩の力の抜けたお店だった。沼田は、厨房《ちゅうぼう》に一番近い落ち着かないテーブルでひとりビールを啜っていた。

「愛は通じなかったですねぇ」

相変わらずのニヤニヤ顔でそう言うから、「何のこと？」と尋ねると、「由衣夏さんのことですよ」と返ってきた。油断して浮ついていた心が、急に寒空の下に放り出されたようにギュッと縮んだ。小さな痛みが私の中で起きていることを見透かして、沼田は私のぎこちない表情を楽しそうに観察しているようだった。

愛。私を煽るためだろうが、沼田はまた変に仰々しい言葉を持ち出してきた。しかしその通りだ。私が由衣夏にこれまで捧げてきた優しさとか、気配りとか、そういったものは一切彼女に届いていなくて、私は彼女から転職の相談をされることも、その結果の報告を受けることもなかった。私には他に仲のいい同期がいなかったけど、彼女には男女を問わずたくさんの友達がいた。でも彼女は「友達」という概念にさほど執着がないのか、飲み会で隣になった人と小一時間楽しく話すことはしても、別にその人たちと特別深い関係になるということはない。唯一の例外は、栗林とか、それから私とか、きまって相手から誘ってくれた場合だけだった。

「エレベーター、すごい話題だね。新人賞いけるんじゃない？」

私は由衣夏について深く考え込んでしまうことから逃げようと、適当な質問を沼田に投げてみた。

「エレベーターねぇ」

沼田は、自分について語る時にだけ見せる饒舌さで、私に思う存分語ってみせた。

「先週、社長から直々に、経営企画室に来いって打診があったんですよ。あそこ、社長の直轄部隊だから。中期経営計画とかを作らされるんですかねぇ」

あの経営企画室に、この沼田が？　でも、1年目にもかかわらず社長命令に対して十分すぎるほどの成果を出したのだから分からない話でもない。沼田のことを小馬鹿にしていた同期が聞いたら腰を抜かすだろう。

ただ、経営企画室は社内屈指の激務部署であるうえ、上司からのプレッシャーは大変なもののようで、これまで何人ものエース級社員が「潰された」とも聞く。あの部署なしには会社の色々が立ち行かないから、昨今の働き方改革においてもある種の聖域になってしまっていて、その悪しき体質はいまだに改善されていないらしい。異動を受け入れるには、相当の覚悟がいるだろう。

「それで、本当に行くの？　経営企画室」

「いや、断りましたよ。だって僕は総務部にいたくてこの会社に入ったんですから。エレベーターの件だって、総務部長がしつこく頼んでくるもんだから渋々受けたというだけだし、エレベーター渋滞なんてファシリティマネジメント領域ではもはや古典的なテーマなんだから、少し調べるだけで先行事例はいくらでも出てくる。だから、あんなのシール貼れば解決するだろって最初から分かってたけど、これはチャンスだ、仕事してる感を出して当面サボってやろうと思って、業者さんとヘルメットをかぶって打ち合わせをしたり、プロジェクトマネジメントの本を読んだりして、検討してるフリをずっと続けてただけですよ」

それはとんでもない告白だった。沼田は薄い雑誌をリュックサックから取り出して私に手渡した。表紙には「月刊　企業総務」と大きく書かれていて、その右側には小さく「2011年7月号」とあった。どうも、総務関係者向けのひどくニッチな業界誌のバックナンバーらしい。青い付箋が頭を覗かせているページを開くと、沼田の言うとおり、よりによってパーソンズの競合他社である人材系の会社が赤坂の本社ビルで、沼田がやったのとまるっきり同じ方法でエレベーター渋滞を解消したという小さい記事があった。

パッと顔を上げて、沼田の顔を見た。相変わらずのニヤニヤ顔。そうだ、総務部での午後の優雅な読書タイム——日頃の情報収集の賜物なのだと好意的に解釈することもできるのだろうが、それ以上にこの男の大胆な怠惰さに、私はなかば呆れながらも驚かされてしまったのだ。「総務部あたりに配属になって、クビにならない最低限の仕事をして、毎日定時で上がって、そうですね、皇居ランでもしたいと思ってます」という、入社初日の彼の言葉を思い出した。でも、だとしたら……

「沼田は一体、何がしたいの？　なんだかんだで成果を出して、みんなからすごいって褒められて……。実は、仕事が楽しくなっちゃってるんじゃないの？」

沼田はやや面食らったような顔をしたが、すぐにいつもの余裕を取り戻した。

「どうなんでしょうねぇ」

沼田は芝居じみた様子で、虚空を眺めてみせた。

「……正直、今言われたようなことも、ほんの少しはありました。でも、よくよく考えてみると、僕、新人賞だって、心底どうでもいいんです。辞退できるものならそうしたいですよ！　他人からの評価に右往左往させられるなんて、この世で一番馬鹿らしいことですから。あいつは新人賞辞退したらしい、本気を出せば凄いらしい、とか言われて、実際は何もせずにのんびり暮らしているくらいが、僕の理想なのかもしれないなぁ」

「何それ？　結局、人から期待されたいの？　それとも、されたくないの？　もし期待を裏切るのが怖いなら、きっと大丈夫だよ。沼田だったら新人賞も獲れるし、経営企画室でもうまくやっていけるって」

私は素直な感想を言っただけのつもりだったけど、触れられたくないことに触れられた時の、不快感を伴う恥ずかしさみたいなものが沼田の顔に滲《にじ》み出てきた。それはすぐに払拭されたけど、彼がいつものニヤニヤ顔を取り戻すには少し時間がかかった。

「……期待を持たせるようなことを、軽々しく言わないでくださいよ。そうやって自分や他人に期待しちゃって、最後の最後に裏切られたりしたら、死にたくなるほどみっともないでしょう？　そうなるくらいなら、僕はやっぱり何もしないほうがマシだと思います」

沼田は取ってつけたような明るい笑いの仮面をどうにか貼り付けてそう言い切ると、手元のジョッキに残った気の抜けたビールを一気に飲み込み、店員さんにお会計をお願いした。

「ただまぁ、胸がすくような思いですよ。些細なものではありますが、ちょっとした因縁のある宇治田社長からの誘いを断ってやるのは」

キッチリと1円単位で割り勘にした計4000円ほどをレジで店員さんに手渡しながら、沼田は最後に、しみじみとした口調でそう呟いた。

「愛は通じなかったですねぇ」

帰りの電車で、私は沼田との会話を反芻《はんすう》していた。

みんな心の形は違うのに、外から見れば似たような見た目をしていて、そんな人たちが友達とか同期とかいう曖昧な輪の中に押し込まれて、関係を結んでゆく。相手もきっと、自分と同じ心の形をしているんだろうと、身勝手な期待を抱いて。

では、私の心の形はどんなものだろう？　由衣夏にあれほど与えた愛のいくつかが未だに返ってこないことに悩み、それどころか彼女が私を置き去りにして、どこかへ走ってゆこうとしているのを恨めしく眺めている。

もしお母さんが私だったら、こんなふうには思わなかっただろう。人に与えたものへの執着を、きっと彼女はひとかけらも持ったりはしないはずだ。そして、それを裏返すと、そのまま由衣夏への複雑な思いになる。人から与えられっぱなしでいることへの罪悪感を、きっと彼女はひとかけらも持たない。

私の近くにいるからと言って、彼女たちのことが手に取るように理解できるとは思わない。しかし、それを言い訳にして立ち止まるのは、もう嫌だった。特に、私を悩ませる二つの関係のうち一つは、別れの時が差し迫りつつある。そっちくらいはせめて、私の手できちんと終わらせないと。そうしないと――それは私にとって、一生残る心の傷になってしまう気がした。

〈富山、いつから戻るの？　あんまり会えなくなっちゃうね。引っ越しの準備とかでバタバタだと思うけど、時間あったら最後にお茶でもしない？〉

短い文章を書くために、もはや私はかつてのように長い推敲《すいこう》の時間を要することはなかった。赤坂のアフタヌーンティーのお店を、私は食べログで何のためらいもなく選んで、リンクを送った。

＊

15時からの約束だったけど、由衣夏からは5分遅れるとのＬＩＮＥが来ていた。時間に厳しいお店のようで、「お連れ様はいついらっしゃいますでしょうか?」とかわいいエプロンをつけた店員さんがかわいくない詰め方をしてきて、少し居心地が悪かった。

「ごっめ〜ん！　遅くなっちゃったぁ」

そんな空気なんて知らない由衣夏が、いつも通りの、いやいつも以上のとびっきりの明るさで登場すると、ネガティブな気持ちも消し飛んだ。彼女のこういうところのせいで、私はきっと、彼女のことをどうしても好きになってしまったのだろう。

他愛のない話が他愛もなく通り過ぎてゆく。お店の大きな窓からは、周囲の雑居ビルの冷たい背や腹ばかりが見えていた。11月の終わりの、冬の日が少しずつ暮れてゆく。

「由衣夏は」

いつかのカルボナーラみたいに、今回も二人の注文が被ったアールグレイを飲みながら、私は由衣夏に静かに問いかける。

「なんで転職しようと思ったの？　パーソンズで楽しくやってるものだと思ってたのに」

主語を私にしないように。私の心が、もしかするともう二度と会わないかもしれない彼女によって、取り返しのつかない傷をつけられないように。私は昨夜お風呂でリハーサルまでして、狡猾《こうかつ》に言葉を選んだ。

「うーん」

由衣夏は小さな右手を小さな顎に当てて、目線を可愛らしくキョロキョロと動かしてみせた。何の計算もない、彼女が自然に行うことのできる仕草が、これまで多くの人々を駆り立ててきたのだろう。

「別に、パーソンズに不満があるとかじゃなくて、転職を考えてた時期にちょうど誘われたんだ。転職先のベンチャー、地元の友達がやってるんだけど、どうしても来てほしいって。大企業で働いた経験とか、あと大学時代、ミス深谷ねぎの活動の一環で、地方の魅力発信みたいな仕事もしたことあったし、そういうところをトータルで評価してくれて。給料はもちろん下がるんだけど、やっぱり地元のことは好きだし、あとは何より、大きい会社の小さな歯車として働くよりも、ちゃんと自分の名前で仕事をして評価されるほうがいいなって。素直にそう思ったんだよね」

「なら、なんでゴードン受けたの？」

矢継ぎ早に飛び込んできた私の質問にも臆することなく、彼女は毅然として答えてみせた。

「みんなが噂してるとおり、ゴードンを受けて落ちたのは本当だよ。それは地方創生ベンチャーとは全然別の軸で受けてて。学生時代に留学もしてたし、元々グローバルな仕事に対する興味関心はあったけど、パーソンズで適当に営業とかしてるうちにそういうのもすっかり忘れちゃってて、でも英梨ちゃんと再会して仕事の話とか聞くうちにまた火がついちゃって……え、ちょっと待って、もしかして私、責められてる？」

これまで聞いたことのない由衣夏の早口は何かを取り繕《つくろ》うようで、しかし何ひとつ取り繕えていなかった。地方創生ベンチャーと外銀、それぞれの会社でやりたいことに一貫性はなく、志望動機の説明はあまりに場当たり的だった。

　場当たり的。それが由衣夏の本質なのかもしれない。今よりも少しでもいい場所があれば、彼女は躊躇なく飛び込むことができる。自分が強く求められ、たくさんの愛を捧げてもらえる場所。彼女が求めていたものは、そこで捧げられる愛そのものであって、それが誰から捧げられたものなのかはどうでもいい。だから、自分の周りにいる人たちとの関係を、彼女はあまりに軽々しく捨てることができる。元々、彼女はパーソンズの人たちにも特別な興味や愛情を持っていなかったのかもしれない。そんな、どうでもいい群衆の一人から、こうやって自分の尊い意思決定を責められるなんてことは、許せないというか、さっぱり理屈が分からないのだろう。

　でも、もういい。私が彼女と会うことはもうないのだから。私は、もう彼女への配慮なんか捨てて、自分が傷付かないことだけを考えればいい。

「由衣夏は」

それでも私は、何度もリハーサルしてきた言葉の続きを、結局彼女に言うことはできなかった。

「誰でもいいから、とにかく愛されたいけど、そのために誰かを愛する気がない人なんだね」

　そう、由衣夏と私は違う人間だったのだ。正反対とすら言えるかもしれない。由衣夏と私の関係は、いつだって一方通行だった。彼女は私の贈りものを「ありがとう！」と明るく言って受け取り、ポケットに入れるだけ入れて、もっとたくさんのものを貰える場所へと、私を残して立ち去ってしまう。パーソンズの同期たちの冷たい目とか、彼女のことを勝手に愛した私のことなんて、最初からどうでもよかったかのように。

　これはいいとか悪いとかの話ではないのだろう。由衣夏はそういう人間で、私はこういう人間だった。それだけの話なのだ。由衣夏は、そういう人間のまま生きてゆくことを、私たちを置いて走り続けることを、この転職を機に改めて決意したのかもしれない。

「アフタヌーンティーのしょっぱいやつ、あとで食べようと残しておいたらお腹いっぱいになりがちだよね」

そう言って、由衣夏は口惜しそうに生ハムを巻いたグリッシーニを指先でいじっていた。彼女と私の前にはそれぞれ、同じ形をした三段のスタンドが置かれて、スコーンや小さなケーキなんかが並んでいた。でも私はしょっぱいものから食べて、彼女は甘いものから食べる。彼女はグリッシーニを残し、私はプチモンブランを残した。何を選んで何を残すか、私たちはみんな違う人間なのだ。それなのに、分かり合おうなんて、同じ方法で愛し合おうだなんて、おこがましいのだろう。

白いポットの中のアールグレイがちょうどなくなった。揺すっても揺すっても、もう一滴も出てこない。お店の外に出たら日はすっかり暮れていて、冷たい風が通り過ぎた。由衣夏と内定式で出会ってから、ちょうど1年ほどが経っていた。

「じゃあ、頑張ってね」

「……うん」

それだけ言って、私たちはお別れした。由衣夏は最後に何かを言おうとしてか、唇に小さな隙間を開けたものの、それはすぐにキュッと閉じてしまい、彼女がいつも私たちに見せてきた愛らしい笑顔の一部に変わった。そのことに、私はわざと気付かないフリをしてしまった。それきりだった。

由衣夏のいないパーソンズでの日常は、それまでと驚くほど変わらなかった。彼女への怒りや失望を口にしていた同期たちも、退職するとまるで最初から存在しなかったかのように忘れてしまい、由衣夏の名前を口にする人すらもはやいなくなっていた。

由衣夏が転職して1ヶ月ほど経った、12月の終わりのことだった。

「まず最初に、これまでみんなに過度のプレッシャーをかけてしまっていたこと、謝罪させてください。もちろん意図的ではなかったし、みんなの成長のためと思ってやっていたことではあるんだけど、それが言い訳にならないことは、私自身もよく分かっています」

課のメンバーが集められた会議室で、浜口課長はいつものように事務的な口調で、しかしいつもなら絶対に使わない言葉で、みんなに謝罪した。私たちはそれを、俯いたまま黙って聞いていた。

私の同期の退職は、由衣夏で遂に23人に到達した。事態を重く見た人事部が、若手社員を対象にストレスチェックや面談を行った結果、何人かの役職者たちがハラスメントを行っていると認定された。その中に、浜口課長も含まれてしまっていたのだ。

ある時点では正しいとされた価値観をそのまま実践していただけの浜口課長が、もう正しくないと認定されるやいなや糾弾される。もちろん、「２０１９年の今日において、私がやっていたことがパワハラになるなんて知りませんでした」だなんて言い訳は、彼女も認める通り通用しないのだ。

その日から浜口課長は退職前の由衣夏のように休みがちになった。ひとたびハラスメント認定を受けた元マネージャーが、再びマネージャーに返り咲けるなんてことは難しいだろうから、きっと彼女は近いうちに同業他社にでも転職するんじゃないかと噂されていた。

彼女が本当に退職してしまうのだとしたら、それは課のみんなにとっては好ましい出来事なのかもしれないが、私にとっては違った。「お母さん」という意地悪なあだ名を思い出す。違う。あの人はお母さんなんかじゃない。

お母さんより、もっと——。

あの家を出よう。一人暮らしを始めよう。今日うちに帰ったら、お母さんにそれを伝えよう。

浜口課長の見るに堪《た》えない謝罪のあと頭が真っ白になって、平静を装いながら駆け込んだトイレの個室で、私はそう決意した。心休まる場所は、自分で作らなくては。

＊

仕事を終えると、皇居ランにも飲みにも行かず、そのまま真っ直ぐ家に帰った。20時過ぎにいつものように静かにドアを開けたら、いつものように玄関には温かな光が満ちていて、そしていつものように、奥からお母さんの声が聞こえた。

「お帰り」

うん、とか、うーん、とか、曖昧な音を喉から発して、彼女のいつもの優しさを躱《かわ》した。手を洗って、いったん上着を置くために2階の自室に逃げ込む。

無償の愛、という用語を倫理の授業で聞いたとき、高校の教室に小さな笑いが起こった。それは何だか、見ていて恥ずかしくなるほどに演出過多なドラマのセリフみたいに聞こえた。ただ、それは身近なところに、ずっと前から存在していた。いつもそこにあって、そして私には、いつも息苦しかった。

ドアを開ける。廊下をしばし歩いて、階段を降りる。深呼吸。

これから、この温かな巣箱の中で私を守り育ててくれた、私のことを世界で一番愛してくれた人の許《もと》を去りたいと告げる。これは私が、自分の心の形のまま生きてゆくための、切実な自衛行為なのだ。

「お母さん」

階段を降りながら、私は話し始める。お出汁《だし》のいい匂いがする。階段を降りて右に行けばリビングで、そこに面したカウンターの向こうのキッチンで、またひじきを炊いているらしい。何となく顔を見ながら話せる気がしなくて、リビングに繋がるドアは開けずに話し続ける。

「お母さん、私、近いうちに家を出て、一人暮らししようと思うんだ」

反応はわからない。天井のダウンライトに照らされたやや薄暗い階段と壁だけが見える。

「これまで支えてくれて、本当にありがとう。でもね、お母さん、もう、夜ごはん要らないって言った日は、ごはん用意しなくていいよ」

お母さんは何ひとつ声を発さない。

「なんか、残すのも申し訳ないし、せっかくの好意を断るの、結構辛かったんだ。ずっと」

そこまで言って、自室に戻った。ドアを閉めると、見慣れた子供部屋を薄オレンジ色の電灯が煌々と照らしていた。信じられないくらい鼓動《こどう》は速まっていたけど、それだけだった。努めて事務的にランニングウェアに着替えてお母さんの顔を見ないよう玄関に向かい、シューズを履いて、ドアをガチャリと、無遠慮に押し開ける。

物音ひとつしない夜の住宅街を走る。家々の窓から染み出す温かな明かりが頬にへばりつくたび、それを振り切るように足を動かした。透明な冷気が肺にスルスルと入ってきて、私は少しずつ、これまでとは違う人間になってゆくようだった。

お母さんのことを考える。差し出す先を失った鍋いっぱいのひじきを前にして、キッチンに立ち尽くすお母さんは、それでもまだ血の繋がった特別な他人のことを愛し続けることができるだろうか？

由衣夏のことを考える。より深く愛されたいという自分勝手な動機で、今いる場所を、自分のことを愛してくれる人たちを平然と捨てて走り去る彼女の胸の中には本当に、ひとかけらの痛みや後悔も存在しなかったのだろうか？

走るとき、人は孤独だ。誰もいない真っ直ぐな道を、スタート地点もゴール地点もわからないまま、誰とも違う方法で、なるべく遠くへと走り続ける。

第3話

令和4年

２０２２年４月。社会人７年目を迎えた僕は、池尻大橋《いけじりおおはし》にある大学生向け大型シェアハウス「クロスポイント」にチューターとして入居した。この「クロスポ」は、僕が勤める鉄道会社が未利用地を活用した「なんかクリエーティブでイノベーティブな事業」ということで、ハーヴァード大のようなアメリカの名門大学の学生寮を参考にしながら立ち上げたものだ。

旧大山街道沿いに新築された地上５階建ての集合住宅には、ベッドと小さなデスクしか置けない10平米ほどの部屋が40ほどぎっちり詰め込まれ、各所に様々な共用設備が贅沢すぎるほどに用意されていた。１階にはセンスのいいヴィンテージ家具が置かれた広々としたラウンジが、２階には栄養バランスに気を遣った食事を毎日提供してくれる清潔な食堂があり、見晴らしのいい屋上には一面に人工芝が敷かれている。

「クロスポイントという名前には、普段の生活では出会うことのない人たちと出会うことのできる、交差点のような場所になってほしいとの願いが込められています。ここでみなさんが学び合い、刺激し合い、新しいカルチャーやビジネスを続々と生み出してくれることを期待しています」

ここの運営会社に勤めているという理由で、６人いる社会人チューターのリーダー（チューターとは学生の指導係のことだ）を任されることになった僕は、１階のラウンジで開かれた入居式で、ガッチガチの緊張をどうにか隠しながら若き入居者たちを激励した。記念すべき第１期生の学生入居者は、東大や早慶、最低でもＭＡＲＣＨといった名門大学に通い、エントリーシートや面接での審査を経て厳選された30名だ。ハイネケンの瓶やウーロン茶のグラスを片手にズラリと並んだ彼らは、自分たちが選ばれてここにいるという高揚感を嚙み締め、ふつふつと湧き上がる自己肯定感に、恥じらうことなく浸っているようだった。

「高校時代には環境問題にまつわる国際会議に日本代表として出席」

「マイナースポーツであるバウンドテニス普及のため、全国各地でワークショップを」

「大学院で大好きなイカの研究をしていて、イカガールとしてテレビ出演も」

彼らの口からはバラエティに富んだ輝かしい自己紹介が次々と飛び出し、僕はクラクラしながら「慶應SFCを出て、新卒で何となく入社した会社の新規事業開発室で、なんかクリエーティブでイノベーティブな仕事をしています」という退屈な経歴をどうやってデコレーションすればよいものか、冷や汗をかきながら必死で考えていた。


その日から始まったクロスポでの暮らしは、大変に意識の高いものだった。大学生も社会人チューターも一緒になって、ラウンジでテレビのニュース番組を見ながら激動する国際情勢について意見を交換したり、シーシャを持ち込んで屋上でBBQパーティを開催したりした。集まるたびに誰かが「せっかく優秀なメンバーが集まってるんだから、何か面白いことができたらいいよね」と声をあげ、皆が「いいね！　やろうやろう」と盛り上がるのだった。

「どうして、サラリーマンなんかになったんですか？」

入居して2週間ほどが経ったある日、朝7時前から起き出して、誰もいないラウンジで小難しいビジネス書と格闘していた僕に、慶應文学部1年生の脇谷《わきや》くんが質問を投げつけてきた。僕は本からしばし目を離し、彼の意図を先回りして予想したうえで「やりたいことも、得意なことも見つけられなかったからだよ。脇谷くんはこうならないようにね」と笑顔で回答してやった。

「いえ、別にサラリーマンを下に見てるとか、攻撃してやろうとかってつもりじゃないんです。僕たちZ世代は、下積みと称してやりたくもない仕事を何年も何年もやらされたり、会社の都合でライフプランを無視した激務や転勤を強要されたりすることを避ける傾向にあるから、なんでサラリーマンやってるのか、純粋に気になっちゃっただけで……ほら、最近はフリーランスで働きつつ、ギルド的な感じで会社にも一応所属する、みたいなのが流行ってるじゃないですか」

　脇谷くんには少しも悪びれる様子がなく、むしろ得意げですらあった。Z世代、という言葉はてっきり若者をダシにしてお金を稼ごうとするおじさんたちが作り出した架空の概念かと思っていたが、むしろクロスポの大学生たちはZ世代を進んで自称していた。そして彼らが「Z世代」を規定するたびに、その会員制クラブに入れてもらえなかった社会人チューターたちは、いわば古くて間違った人たちとして永遠に解消不可能な十字架を背負わされる。そう、クロスポは世代を超えた交流の場であると同時に、この手の世代分断の場でもあったのだ。今日は僕がフリーランスではなくサラリーマンなんかをやっていることを糾弾される風向きのようで、僕は内心やや うんざりしていた。これ以上深く追及されたらどうしようかと思っていたら、次の生贄がエレベーターから出てきた。

「あ、沼田さん！　沼田さんはどうしてパーソンズに入ったんですか？　あそこで新人賞獲れるくらいだったら、学生起業でもしておけばよかったのに」

　ラウンジの隅で無料提供されているコーヒー目当てなのか、社会人チューターの沼田くんが上下茶色のスウェット地という、パジャマみたいな部屋着のままやってきた。他のチューターがコーチングの認定プロフェッショナルやらコミュニティデザイナーやら、実際のところ何を仕事にしているのか分からない肩書きのフリーランスばかりの中、彼は僕と同じくサラリーマンだった。そんなわけで、僕は社会人4年目の彼に対して勝手に親近感を持っていた。

「ええっ、なんでって言われても……サラリーマンは適当にサボりつつ働いていれば毎月決まった額のお金が貰えるんですから、最高じゃないですか？　それに、こうやって立地のいい新築シェアハウスに無料で住めるのだって、サラリーマンをやっているからなんですよ。僕はサラリーマンという身分に、心の底から感謝していますぅ」

とんでもない回答を返しながら、無料コーヒーをポットから紙コップにジョボジョボと注ぐ沼田くんに、脇谷くんは「なるほど、Z世代的な価値観にも通じるところが、ありますかねぇ……？」と、どうにか受け止めるべく努力していたが、表情を見る限り、沼田くんのあまりに無気力な主張への呆れを払拭することは難しいようだった。

沼田くんはきっと、彼が言うとおりの働き方をしていて、会社はそれを仕方なく黙認しているのだろう。高校生や大学生の起業支援を積極的に行っているパーソンズエージェントにうちの会社の役員が「誰かチューターを出してくれないか」とお願いしたところ、宇治田社長が「面白いやつがいますよ、若者たちにとっていい刺激になると思います」と送り込んできたのが、この沼田くんだったのだ。

「チューターとして提供したいバリューですかぁ？　うーん、特にないです。宇治田さんがどういうつもりで『いい刺激になる』と言ったのか分かりませんし、たかが数年分しか人生経験に差がないのに、大学生たちを偉そうに教え導こうだなんて、皆さんは僭越《せんえつ》だと思わないんですかねぇ？　僕はそんなの、まっぴらです。自分の人生だけで精一杯なのに、そのうえ誰かの人生まで背負い込もうだなんて！」

入居に先立ち3月に行われたチューター顔合わせの会で、沼田くんはひとかけらの罪悪感も感じている様子はなく、そう見事に言い切ってみせた。他のチューターたちは絶句していたが、確かに彼が言っていることには納得できる部分もあるし、沼田くんは仮にもあのパーソンズで新人賞を獲るほどの人間なのだから、きっと宇治田さんの起用には何か意図があるに違いないと僕は睨んでいた。

＊

「へぇ、シェアハウス暮らしか。てっきり塞いでんじゃないかと思ったけど、久しぶりの独身生活を満喫してるようで安心したよ。しかしここも随分久しぶりだな」

神泉《しんせん》のはずれにある落ち着いた雰囲気のフレンチレストランのムーディーなカウンター席で、隣りに座る長谷川《はせがわ》が、やや煽るようにこちらをのぞき込んできたので、「いいだろう、結婚生活は懲役生活だよ。お前もすぐ戻りたくなるさ」と僕も遠慮なく煽り返してやった。

中高一貫の男子校から大学の学部まで、それもゼミまで一緒だったという腐れ縁の長谷川が、合コンで知り合ってもう3年ほど付き合っている年下の彼女の真綾《まあや》ちゃんと結婚することになりそうだという話は前々から聞いていたが、遂に先月Xデーが来たらしい。

「敏腕営業マン顔負けのすごいクロージングだった。綿密な逆算スケジュールを引いてたんだろうな、見事な段取りで外堀を埋められていったよ」

去年のちょうど今頃、真綾ちゃんは「30歳までには出産したい。妊活期間も必要だろうし、気ままな二人だけの時間も十分に欲しいから25歳の誕生日までにプロポーズしてくれなかったら別れる」という条件を長谷川に提示してみせた。その後彼女は自分の親友たちと長谷川を引き合わせる会を計4回、次に自分の母親と長谷川を引き合わせるカジュアルな食事会を計2回、その隙間に長谷川の親友たちとの会を計3回、それから……と、慶應卒で国内最大手の飲料メーカーに勤める優良物件・長谷川は優秀な牧羊犬に追い立てられる無抵抗な羊のごとく、定められたゴールへと徐々に追い詰められていったようだった。

真綾ちゃんとは、僕も一度会ったことがある。「長谷川の親友たち」との会の３回のうち１回は、長谷川と真綾ちゃん、それから僕と元妻の冴子《さえこ》によるささやかなホームパーティだった。僕たち夫婦が当時住んでいた学芸大学《がくげいだいがく》の２ＬＤＫに二人を招待して開催した会の写真は、スマホを遡れば出てくるだろう。去年の６月の、梅雨入り前のやや肌寒い曇りの日のことだった。

「私、結婚したらお二人みたいな夫婦になりたいです！　冴子さんの、バリキャリで自分をしっかり持ってる感じとか、すごく素敵」

冴子が小さなセラーから次々と出してくるワインで気持ちよく酔ったのだろうか、真綾ちゃんは僕と冴子のことを勢いよく褒めた。女子大を出て、都内の実家に住みながらお父さんがやっている中小企業で経理事務の仕事をほとんど趣味みたいなレベルでやっているという彼女が、冴子に憧れる理由はよく分からなかったけど。

「え〜、そんなことないよ！　バリキャリって言っても普通の通信会社で営業やってるサラリーマンだし」

冴子が「自分をしっかり持ってる」のほうについては触れることなく僕と長谷川の方をチラリと見てくるのだから、僕たちは黙って微笑むことしかできなかった。冴子は僕と長谷川のゼミのひとつ後輩だ。彼女は一浪だから、年齢は僕らと同い年。

長谷川は、冴子がうちのゼミに入ってきたときから僕が何かと理由を付けて飲み会で彼女の隣の席に座ろうとしていたこととか、夏の伊豆でのゼミ合宿で企画班に裏工作をして彼女と同じグループにしてもらおうとしたこととか、彼女が社会人３年目の冬になって彼氏と別れたと聞いたその日のうちにＬＩＮＥでデートのお誘いをしたこととか、そういった僕たち夫婦の力関係の歴史みたいなものをよく知っている。そしてまた、彼女がゼミ在籍中からやや変わった人生観を公言していたことも、長谷川はきっと記憶しているだろう。

「法律婚だろうが事実婚だろうが、ある時点での判断で未来永劫、自分を縛《しば》り続けるとか絶《ぜっ》っっ対《たい》に無理」

ゼミの飲み会なんかで結婚の話になるたび、冴子はいつだってそんなことを言っていた。彼女は結婚というものをずっと毛嫌いしていたし、僕と付き合う前の彼氏ともそれが原因で別れたと言っていた。彼女は十分に自立していて、仕事も充実して様々なコミュニティに友達がたくさんいて、いつでも貸し切りグルメ会からボルダリングまで予定がぎゅうぎゅうに詰まっていた。つまり彼女は、結婚する必要のないくらい「自分」をしっかり持っていた。彼女にはきっと、結婚や育児なんかがなくとも人生でやることがたくさんあっただろうし、「慶應卒共働きパワーカップル」みたいな借り物の肩書きがなくとも、自分という人間を表現することができた。だから2020年の夏、僕が付き合ってまだ1年も経っていない冴子と結婚すると聞いた長谷川は「いったい何時間土下座したらそんなことが通るんだ?」と驚いていた。土下座自体は2分ほどで済んだのだが、僕はそれよりも効果的な契約を彼女と結んだのだった。

① 冴子が離婚したいと言ったら無条件で受け入れること
② ①の約束はお互いの両親には言わないこと
③ ①②のせいで揉め事が起きたとしても冴子は何も責任を負わず、すべて僕が責任をもって解決にあたること

「おいおい、何だよそれ。お前ら仮面夫婦でもやるつもりか?」と長谷川はすっかり呆れていたが、僕は仮面夫婦でも何でもよかった。とにかく冴子との関係を、何かの手段で形あるものにしたかった。冴子が僕の許《もと》から去ってゆくことの不安を、無意味でもいいから少しでも減らしたかった。出口のルールは彼女の要求通り用意しておきながらも、彼女がその出口に向かうのを少しでも足止めできるよう、か細い糸でもいいから、彼女と僕を結び付けておきたかった。それほどみっともなく僕は冴子のことが好きだったのだ。彼女の猫のように吊り上がった涼し気な目や細くしっかりと通った鼻梁《びりょう》とか、豪傑みたいに見られがちだが私生活では意外に繊細《せんさい》で気の回る性格とか、そんな細かな理由は無数に挙げることができるが、僕は理屈を超えてとにかく彼女を好きになり、この一方的な好意が結実することを求めた。

冴子の社交がコロナ禍のせいでまったく途絶してしまったために彼女を襲った退屈の加勢もあって、僕たちは2020年の7月に籍を入れた。僕たちの歪《いびつ》な結婚生活は、長谷川が危惧していたような仮面夫婦的なものなんかではなく、潤いに満ちた素晴らしいものだった。冴子は頻繁にオンライン飲み会をやっていたが、それ以外の時間は僕たち二人は寄り添って過ごした。レンタカーを借りて葉山をドライブしてみたり、高い牛ヒレ肉を取り寄せてワインと一緒に楽しんだり、あるいは朝までソファに寝っ転がってNetflixの韓国ドラマを一気見したりと、社会の制限をある種の縛りプレイと見做《みな》して些細な幸せを積み重ねていく——少なくとも僕はそう思っていた。仕事は充実していたし、それなりに評価もされていたが、結婚して同居をスタートしてからというもの、僕は迷わず冴子との時間を優先した。僕にとって仕事なんてものは、所詮は冴子と出会うまでの人生の空白を埋めるための壮大な暇つぶしに過ぎなかったのだ。

二人の生活は1年半ほどは大きなケンカやトラブルもなく生き延びたものの、世の中がかつての日常を徐々に取り戻しつつあった昨年末、冴子による契約条項①の申し出によって突然終わってしまった。冴子の社交がまた復活し、うちに帰ってくるのが24時を平気で過ぎる日が何日も続いたことに対して、僕がちょっとした抗議をした翌日のことだった。

「別に嫌いになったとかじゃないし、もちろん他に好きな人ができたとかってわけでもないよ。ただ、私たち二人とも、結婚に向いてなかっただけなんだと思う」

聡明《そうめい》で、普段から言いたいことを変にボカしたりしない彼女は、そこで敢えて「私たち二人とも」という言葉を選んだ。この結婚の破綻の原因は、どちらか一方だけではなく、両方にあるのだと宣言するように。その発言の真意は聞かなかったけど、それはきっと、僕を慰めるためのリップサービスではなく、彼女にとっては紛れもない事実なのだろう。

「何か新しいことしたらいいんじゃないか、新しい環境に引っ越すとか」

冴子が出て行った日の夜、長谷川は幾つか具体的なアドバイスを提示してくれた。そうして僕は去年の秋に打診を受けていたが、当時は新婚生活を理由に断っていた住み込みでのシェアハウス運営サポートの話をふと思い出し、その日のうちに「すみません、あの話ってまだお願いできますか?」と上司に連絡したのだった。

「最近、ずっと不安なんだよ。真綾に言われるがままに何となく結婚して、結婚生活がうまく行くのかなって。だから、お前には忌憚《きたん》のないアドバイスをしてほしいんだ。12歳からの付き合いだろ。俺のことなんて、真綾よりもよく分かってるだろうしさ」

アミューズで出てきた無花果《いちじく》のカナッペを齧《かじ》りながら、ロクにこっちも見ずに長谷川は言う。僕と長谷川は男子校時代の6年間、まるで番《つがい》のようにずっと一緒に過ごしていた。友達グループには他にも3、4人いたはずだが、どういうわけか中高の思い出を振り返るとそこには長谷川しかいない。しかし、大学に入ってから僕たちは変わった。正確には、僕が変わった。小学校以来の共学という環境に放り込まれた僕は突如として重篤《じゅうとく》な恋愛体質を発症し、次から次へと好きな相手を作り、その何人かと付き合ってはすぐ別れてを繰り返した。まだ大学生の間は長谷川と一緒に過ごす時間も多かったが、結婚後はすっかり冴子とばかり過ごすようになり……親友だったはずの彼に、この1年と少しの間、例のホームパーティのようなたった数回を除いてほとんど会わなくなるという不義理を働いた。にもかかわらず、長谷川は僕が「離婚する」といきなり電話した日にすぐに飲みに誘ってくれて、その後も何かと気にかけてくれて、今日もこうして、自分の人生の進捗を誰よりも早く報告してくれて……冴子を失い、恋愛という選択肢を失った今の僕にとって、身勝手な話だけど、彼は数年ぶりに再び親友以上の存在になったのだ。

秋にやるという結婚式の候補日なんかを聞き取りながら、僕は「ああ、任せといてくれよ。お前のことと同じくらい、結婚生活の失敗については誰よりも詳しいからな」と無理やりおどけておいた。

長谷川と解散したのは23時過ぎだった。池尻大橋駅で電車を降りて、数分歩けばクロスポに辿り着く。エントランスに近づくにつれ、僕はある異変に気付いた。こんな時間だと言うのに、ラウンジには煌々と明かりが灯され、若者特有の甲高いざわめきが漏れていた。

「え〜めっちゃ人懐っこい！　飼い猫が逃げてきたんじゃない？」

「違うよ、ほら、耳のとこ見てみなよ。V字のカットが入ってるから地域猫だよ」

「地域猫って何？　野良猫と違うの？」

　ラウンジの入り口に置かれているソファの足元に、一匹の黒猫がいた。十数人の入居者に取り囲まれているというのに、その猫は随分落ち着いた様子で、コンクリート打ちっぱなしの床に腹ばいになったまま熱心に右足を舐《な》めていた。

「コンビニにアイス買いに行った帰りに、ドアの前で丸まってるのを見つけて。近寄っても逃げないし、ドアを開けたらのそのそ入り込んできちゃって。まだ子猫だし、追い出すのもかわいそうなので、今夜だけでも面倒を見ようとみんなで話し合っていたところなんです。ここ、ペット禁止じゃないですよね？」

　椎名《しいな》さんという女の子が事情を説明してくれた。館内規則には確か、生き物の持ち込みは禁止だと書かれていた気もするが、僕が目を瞑ればいいだけの話だ。「別にいいよ」と、せめてほんのちっぽけな権限を行使しようと思ったところで、猫が突然起き上って駆け出し、ちょうどエレベーターから降りてきた沼田くんの足に体を何度も擦り付けはじめたのだった。

「懐かれても困るなぁ、僕は軽度の猫アレルギーなんですよ」

　自分のところに降ってきた幸運を誇るように沼田くんは猫の頭を撫で、舞い上がった微細な毛で盛大にくしゃみをした。

＊

　その日を境に、「ヨシハラ」はクロスポのラウンジや中庭に出入りするようになった。ヨシハラとは例の黒猫のことで、その名前は民主的な投票によって選ばれたものだった。沼田くんが「昔こういう名前の図々しい知り合いがいたから」というよく分からない理由で提案したものだったが、あちこちの陽だまりを図々しく独り占めして寝ている姿にふさわしく、また猫が一番懐いている沼田くんにこそ命名の権利があると思えたのだ。ただ、僕たちからすれば「図々しい」という言葉は沼田くん自身にこそ似合うような気もしたけど。

「近所の人たちに事情を聞いてみたんだけど、昔このあたりにエサやりおばさんがいて、そのせいで野良猫がたくさん居着いてしまったんだって。当のエサやりおばさんは施設に入ってしまったから、地域の人たちがボランティアとしていわゆるＴＮＲ、つまり野良猫を捕獲して、不妊・去勢手術をして、決まった場所でエサをやったりトイレを用意したりして、地域猫として管理し世話をするっていう活動をしているみたい」

大学１年生の椎名さんはこのエリアの地域猫について熱心に調べ上げ、土曜日の昼過ぎにみんなに共有してくれた。彼女は幼少期を過ごしたニューヨークで世界最先端の動物愛護精神を培《つちか》ったらしく、日本に戻ってからも様々な動物関連のボランティアに従事してきたという。帰国子女と聞いて、ことあるごとに「アメリカでは」と出羽守《でわのかみ》をやるんじゃないかと最初のうちは身構えていたが、脇谷くんと違って僕たち社会人チューターに世代論のゲバ棒を振りかざすこともなく、かといって大人に遠慮して言うべきことを言えないなんていうこともない。とにかく淡々と、しかし確かな熱意をその小さな体の内に秘めた不思議な女の子だった。別に選挙をしたわけでもないが、最年少の彼女が大学生入居者のリーダー役ということに自然となりつつあるようだった。

「私有地に勝手に入りこんでくる地域猫のことをよく思っていない人もいたり、ボランティアをやっている人たちがうまく連携できていなかったりと、まだまだ解決すべき問題は多いみたい。どうかな、クロスポを拠点にして、近隣住民や行政も巻き込みながら地域猫問題に取り組んでみない？」

椎名さんの提案にラウンジに集まった20人ほどの若者たちは続々と「賛成！」と声を上げた。彼らはさっそく「まずは現状分析だね、聞き取り調査の範囲を広げて、反対派の意見も拾えないかな？」「行政のほうで何か補助制度を用意してないか調べてみよう」とネクストアクションプランを次々と出してきたので、僕は驚いてしまった。

「ほら、これがZ世代ですよ。僕たちは小中学生のうちから課題解決や個人の問題意識を大切にする教育を受けてきたから、手慣れたもんです」

脇谷くんがわざわざ僕のところにやってきて、誇らしげに耳打ちした。「へぇ、すごいね」と素直に感心する僕を尻目に、脇谷くんに水を差す男がいた。

「つまり、自発的にZ世代をやってるわけじゃなくて、教育されて望まれた通りにZ世代らしく振舞ってるってことですかぁ？　それだったら、学校の先生たちに言われるがままに勉強ばかりしてきた僕たちと何が違うって言うんですかねぇ？　それに、『学生のうちに起業したい』とか『仕事だけが人生じゃない』とか、立派なことは言うものの何もしない人たちが昔いましたが、僕にはZ世代とやらが、彼らとまったく同じに見えます。口だけは達者なようですが、どんな活動を実際にやってくれるのか、見ものですねぇ」

僕の隣に座っていた沼田くんだった。多少は図星だったのか、脇谷くんは「……そういう、『本質は変わらないおじさん』が若者に嫌われるんですよっ」と捨てゼリフを吐いて若者たちの輪の中に戻っていった。

「しかし沼田くんも、ヨシハラのおかげで地域猫問題に興味が湧いてきたんじゃないの？」と、やや意地悪な質問をしてみた。どうにかチューターらしく振る舞おうと四苦八苦している僕とは違い、沼田くんはチューターだなんてものはこのシェアハウスに無料で住むための便宜的な肩書きに過ぎないとばかりに、ラウンジでビジネスの役には立たなそうな哲学書を読んだり、共用キッチンで手の込んだ煮込み料理を作ってひとりで平らげたりと、チューターらしいことは何もせず、若き入居者たちに何かアドバイスを差し出すでもなく、ニヤニヤ笑いながら、彼らのことを黙って眺めている。

パーソンズでの仕事はどうかというと、本人曰く「激務部署に行かされそうになるのを、どうにか逃げ回っている」とのことで、今のところは業務量の少ない総務部に所属しつつ、本来であれば最低でも週3は出社というルールも勝手に破り、フルリモートでのんびり働いているようだった。ただ、ラウンジの片隅で時折オンライン打ち合わせに参加している様子を見ると、皮肉っぽい語り口こそ相変わらずだが、それなりに積極的に発言したりしている。以前はあんな無気力なことを言っていたが、それはただの照れ隠しみたいなもので、実は仕事に多少の充実を見出しているのかもしれない。「ツンデレ」という、今や死語になりつつある言葉がピッタリな彼が、自分に懐いてきた猫をきっかけに改心し、今は斜に構えているクロスポでのチューター活動にも精力的に取り組むようになったら、そこには滑稽な愛らしさがある気がした。

「そんなことはないですよ。猫は移り気ですから、ヨシハラだって、いついなくなるとも分かりませんしね」

沼田くんは足元に大人しく座るヨシハラの背中を優しく何度か撫でて、そしてまた盛大なくしゃみをした。彼がズズズと鼻を啜る音を聞きながら、僕は若者たちの活気に満ちた議論の行方をぼんやりと眺めていた。

「ほら、彼らも手伝ってくれるんです、篠崎《しのざき》くんたち。高校生のときシロクマの保護活動に従事していたそうだから、きっと動物愛護の観点から椎名さんに共感してくれたんですよ。こういうふうにですね、Z世代はただ大人に教え込まれた価値観をなぞって理想論を言ってるだけじゃなくて……」

沼田くんの指摘がよほど腹に据えかねたのだろう、リベンジマッチのためにわざわざ戻ってきた脇谷くんが、椎名さんが主導する議論の輪の右端から少し離れたところにいる5人を指さした。篠崎くんは法政の3年生で、確かに入居審査にあたって彼が提出したエントリーシートにはシロクマの話が書いてあった。シロクマ、シロクマ、シロクマ……僕は何か引っ掛かりがあるような気がして、彼らの方へと近づいて行った。

「……ああ、楽しみだなぁ」

「地域猫活動に取り組んでいる区議を、椎名さんが早速見つけたそうだよ」

「区議がきっと僕らのところに来てくれるに違いない」

「区議が来たら次は都議で、その次は国会議員だ」

「きっとニュースになるに違いない」

「新聞には出るだろう、もしかしたらテレビにも出るかもしれない」

「地域猫のために活動する正しい学生として、僕たちの写真が載るかもしれない！」

「ああ、楽しみだなぁ」

「正しいことは楽しいなぁ」

「ああ、もっと正しいことがしたい」

「分かる」「分かる」「分かる」

異様な会話が徐々に聞こえてきて、僕は彼らに話しかけずに、まるで最初から彼らに用事なんてなかったかのようにソファに戻った。

「あれ、早かったですね。どうです、話せましたか？　気のいい連中でしょう」

僕が離れている間スマホをいじるのに熱中していたのだろう、そんな事情なんて何ひとつ知らない脇谷くんが明るく話しかけてきたので、「そうだね」と適当にお茶を濁して、活発な議論を続けている若者をチューターらしく見守ろうと試みた。しかし、鼓動はなかなか落ち着いてくれなかった。

僕／私はある夏の日、思い立って動物園に足を運んだのですが、そこで暑さにうだるシロクマを目にしました。小さい頃だったら「シロクマも暑くて大変だなぁ」で終わったんでしょうが、高校生になった僕／私は違いました。シロクマの向こうに、北極が見えたんです。薄緑色の氷が温暖化のせいでジジジと微細な音を立てながら溶けてゆく。シロクマが窮地に追いやられている北極の現実——僕／私は、自分の無知と無力を呪いました。テレビで何度も見てきた「シロクマが苦しんでいる」という状況がどのような仕組みで起こるのか知ろうともせず、あの愛らしいシロクマが苦しんでいる現状に対して何もせずにのうのうと過ごしてきた情けなさで胸がいっぱいになったのです。それで僕／私は両親を説得し、資金をクラウドファンディングで集めて北極へ旅に出たのです……

やはりそうだ。僕はその日の夜、自分の狭苦しい部屋の中でパソコンの画面を見ながら呟いた。全部で５人。５人の大学生入居者が、シロクマにまつわる全く同じエピソードを書いていた。

入居希望学生の審査を委託していた外部業者から受け取った、エントリーシートや面接のデータ。落選者を含めて全志望者の記録を読み返してみると、例のシロクマのエピソードを書いている学生が篠崎くんを含め５人いたのだ。彼らは全員合格し、今もこのシェアハウスに住んでいる。

なぜ選考時に違和感を覚えなかったかというと、一応の言い訳みたいなものはある。僕も最近になって新卒採用の一次面接官をやるようになったからよくわかるのだが、学生の話なんてだいたい同じようなものばかりだ。自分が就活をしていた頃を思い出しても、学生時代に頑張ったことを問われても「バイトの副リーダーとしてお店の売り上げを1・2倍に」とか「テニサーの副代表として新歓合宿の参加者を1・2倍に」とか、真偽も怪しい同じような話ばかりだった気がする。だから、シロクマを助けるために活動している大規模なNPOか何かが流行っていて、そこにたくさんの学生が熱意に駆られて参加しているのだろうと、当時の僕はシェアハウスのオープンに向けた業務繁忙の中で思考停止してしまっていたのだ。

「妙な噂を聞いたことがあるよ」

人事部で新卒採用を担当している、同期の三浦《みうら》さんを捕まえて聞いてみた。

彼女の話によると、何年か前から「ヨシハラ義塾」という高校生向けのオンライン塾が人気で、そこでは大人が喜びそうな様々な体験を、推薦入試で難関大学への入学を目指す学生たちにパッケージで売っているのだそうだ。つまり、「こういうのが面接官にウケますよ」というメニュー表が先にあって、その選択肢の中から自分がする経験を選ぶのだ。クラウドファンディングの立ち上げからそれっぽいNPO、交通手段に宿泊ホテル、現地での証拠写真の撮影まで、すべてヨシハラ義塾がお膳立てしてくれる。その代わり、生徒たちの親はクラファンに必要金額を振り込み、さらにヨシハラ義塾にはコーディネート費やらコンサル費やら高額な手数料やらを支払うのだという。大学によってはAO入試や指定校推薦による新入生が半分を占めたりと、推薦入試が主流になりつつある現代において、それらの取り組みは立派な大学入試対策であり、教育熱心な父母や意識の高い生徒の間ではそれなりに有名な存在なのだそうだ。

それで味をしめたのか、ヨシハラ義塾は最近は大学の推薦入試だけでなく、就活マーケットにまで進出しているらしい。

「界隈《かいわい》では通称『シロクマエピソード』って呼ばれてるんだけど、ESとか面接でまったく同じような話をする学生が相当数いて。現に私も最近何人か遭遇したことがある。変に芝居がかった語り口まで まったく一緒で、何かこう、ゾッとしちゃった」

俄《にわか》には信じがたい話だった。もしその話が本当だとしたら、篠崎くんたちは確かに北極には行っているが、それは単なる推薦入試の対策に過ぎず、その崇高な旅のもっともらしい動機は嘘ということになる。見抜けずに彼らを入居させた僕たちにも落ち度はあるが、これは立派な詐欺行為ではないか？　しかし、いつだったか沼田くんが指摘していたように、僕たちだって行きたくもない塾に小学生のうちから通わされて、親や先生に言われるがままに受験対策に励んできた。僕たちと彼らは、本質的に同じ罪みたいなものを共有しているのではないか？

僕の頭はぐるぐると空回りして、次にどうすべきかも思いつかなかった。どうにか心を落ち着けて、まずは情報を収集しつつ篠崎くんたちのことを観察してみよう、という穏当な方針を定めた。

＊

まだ築浅《ちくあさ》のマンションの窓からは、スカイツリーがよく見えた。

「どうだ、いい景色だろう。角部屋といっても北向きと西向きだから日当たりはよくないんだけど、川沿いに建ってるおかげで見晴らしがよくて、内覧した当日に申し込んだよ」

窓辺に立ってぼんやりと外を眺めていたら、長谷川がいきなり肩を組んできた。悪戯のつもりかよく冷えたオリオンビールの缶を僕の首に押し当ててくる。それを無言で受け取ると、プルトップを引き上げ、発泡性の液体を喉に流し込んだ。

それまでは蔵前《くらまえ》に住んでいた長谷川と、大森《おおもり》の実家に住んでいた真綾ちゃんは7月から遂に一緒に住むことになり、新たな愛の巣として選ばれたのが清澄白河《きよすみしらかわ》の隅田川沿いの中層マンションだった。

「ここ数年のマンションの値上がりヤバくてローン通るか心配だったけど、真綾の実家が援助してくれたおかげで自己資金を結構入れられてさ」とのことで、一介のサラリーマンである長谷川は無事に素晴らしい新居を購入することができたのだった。

「しかし大変だったよ、真綾が相当うるさくてさ。内覧行きまくってたかと思えば住宅購入ブログみたいなのを読み込み始めて。『平米単価で見ると、修繕積立金が高すぎない？』とか言い出した時にはどうしようかと思ったよ」

笑いながら愚痴る長谷川がオリオンビールをゴクリと飲むと、「誰かさんが真面目に探さないから、仕方なく私が色々勉強しないといけなくなっただけですぅ〜」と真綾ちゃんはキッチンでカルパッチョを用意しながら、頬を膨らませて抗議した。彼女はここ最近お料理教室やワインスクールに通っているそうで、今日の気合の入れようは大変なものだった。

「しかし皮肉なもんだな。去年の今頃は僕たち夫婦が二人を呼んでホームパーティをやってたのに、僕が至らなかったせいで今日のパーティには欠員が出ちゃった」

おそらくは二人がハラハラしているこの手の話は当事者が早めに吐き出して笑いに変えておいたほうがいい。真綾ちゃんはどう反応していいものか判じかねているようだが、僕と夫婦漫才のようなコンビネーションを長らくやってきた長谷川は手慣れたもので、間髪を容れずゲラゲラと笑ってくれた。

「どうだ、ワインでも飲むか。このあいだ社販でコスパ良いって評判のカヴァを買ったんだ」と長谷川は空気を自然に変えようとしてか、冷蔵庫から深い緑色のワインボトルを出してきて、僕の返事を待つまでもなく、ポンと陽気な音を立ててコルクを抜いた。

極めてそつのない仕切りによって、ホームパーティは粛々と進行していった。仕切りの主はもちろん真綾ちゃんで、いつだったか「別に全部やらせるつもりはないけど、実家育ちのせいか家事全般がまったくできなくて不安」と長谷川がボヤいていたのが嘘のようだった。もちろんそれは、この新生活に向けた彼女の鍛錬の賜物に違いない。一方僕は自分の中に、不思議なもの寂しさみたいな感情を見出し始めていた。「部屋着が歳の割にかわいすぎてキツい」「本読んでなさ過ぎて話が合わないことが結構ある」「女子大の同期たちと会わされたけど、みんな婚活意欲ヤバすぎて、独身男性紹介しろってめっちゃ頼まれる」……ここ半年、長谷川からありとあらゆる不満を聞かされていたし、そのたびに「まぁ、最初から完璧な相手なんかいないんだから、うまくアジャストしていくしかないよ」と結婚生活の経験を盾に偉そうな擁護《ようご》を真綾ちゃんに対して行っていたが、僕は内心では彼の不満をいちいち喜んでいたかもしれない。

それはきっと――長谷川と真綾ちゃんのこれから始まる結婚生活が、主に真綾ちゃんの様々な力不足のせいで十分に幸せなものにならないことを、なかば祈るように信じたかったせいなのだろう。機知に富んでいて、それでいて明るく気さくで、僕のあらゆる悲しみを喜んで分担してきてくれたあの長谷川が、僕がしくじったのと同じ方法で、しかし「俺はそんなふうにしくじったりはしないよ」と涼しい顔で、僕を置いて人生を前に進めようとしていることへの惨めったらしい悲しみ――。

「この人、酔っ払ったら中高時代の体育祭のこととか、ゼミ合宿の話とか、思い出話ば〜っかり話してくるんですよ！　その話はもう何度も聞いてるって言っても、全然やめてくれなくて」

汚れた取り皿を回収しながら、真綾ちゃんが僕の目をにこやかに覗き込んで話しかけてくる。彼女はきっと、僕の結婚がどうして破綻したのかくらいは長谷川から聞かされているのだろうが、長谷川が陰で様々に彼女を批判していたことは知らないのだろう。今日の会だってきっと、長谷川の重要顧客である僕を味方に付け、今後の結婚生活を少しでも強固にするための戦略のひとつに違いない……。

「真綾ちゃんは、どうして結婚したいって思ったの？　ほら、ブライダル業界自身が『結婚しなくても幸せになれる時代』だって言ってるくらいだし、Z世代にとっても結婚はひとつの選択肢に過ぎないそうだよ」

無垢《むく》で無知な子供のような顔をして、しかし意地悪さが潜んだ質問を僕が投げかけるのを、長谷川はガラス皿に残ったカルパッチョをつまみながら、ロクにこっちも見ずに黙って聞いていた。

「えぇ～、どうしてって……。それは、その、うーん、二人で、これからもずっと一緒にいたかったし、そうだ、子供とか先々のことを色々考えたら、結婚って自然な選択肢じゃないですか？　私ももうそんなに若いわけじゃないから、ちゃんと人生固めときたいって感じもあったし！　そういう感じですけど……大丈夫ですか？」

どういうわけか妙に動揺している真綾ちゃんが、しどろもどろになりながらそう答えるのを、長谷川と同じように僕も黙って聞いて、ニッコリと笑って頷いてやった。つまり真綾ちゃんは、長谷川に対する愛情みたいなものもあるんだろうが、人生ゲームの好ましいマス目を着実に踏んでゆくための「自然な選択肢」として結婚を要求したというだけなのだろう。そうに違いない……。こんなふうに、彼女に対してどうしても持ってしまう攻撃性みたいなものの存在を自分でもよく認識しながらも、それをうまく抑えることができないままでいる。ほら、真綾ちゃんはどうせ、結婚を純粋な愛に至るための手段ではなく、相手を少しでも束縛したいとか、自分の人生を平均的な形に積み上げたいとか、そういう正しくない動機を実現するための手段として使おうとしているくせに、世間の皆さんには「私たちは心の底から愛し合っていて、その表現の一部として結婚しただけです！」みたいな顔をしている。それは――僕が冴子に対してやったことと、まるで同じじゃないか。そして、そこに今まさしく長谷川が無抵抗のまま巻き込まれ、飲み込まれようとしている。僕にはきっと、その事実が耐えられないのだろう。

「そういえば、シェアハウスで地域猫の活動をやっているそうですね。実は私も学生時代にやってたんです、ボランティアサークルみたいなのに入ってて」

空気を変えようとしてか、真綾ちゃんはいきなり新しい話題を明るく振ってきた。今後長い付き合いになるであろう夫の親友との関係を良好にすべく、彼女が親切にも差し出してくれたその機会を、しかし僕は素直に受け取ることができなかった。

「そうなんだ。でも他にも取り組むべき社会問題はたくさんあるよね、どうしてその中からわざわざ地域猫を選んだの？」

きっと「そうなんだ！　猫ってかわいいよね〜」みたいな反応を期待していたのだろう。真綾ちゃんは僕の事情聴取みたいな口調に面食らいつつ、どう答えるのが正解だろうかとお行儀のいい笑顔の下で必死に悩んでいるようだった。

「えっと……立派な理由があるわけじゃないんだけど、動物は大好きだし、犬より猫のほうが好きだし、それに、サークルの雰囲気もよかったし……」

「おいおい、そんな詰めないでやってくれよ」

それまで黙って様子を見ていた長谷川が、苦笑いしながら助け舟を出した。何だか僕が彼女をいじめているみたいだった。そのうえ長谷川が僕か真綾ちゃんの二択で彼女を選んだような気がして、やるせなかった。「別にそういうつもりじゃ……」と不服を表明しかけたところで、長谷川は遮《さえぎ》った。

「俺はな、真綾のそういうまっすぐなところが好きなんだよ。お前もそうだけど、中高の友達も、ＳＦＣの連中も、みんな何をするにも正しい理屈や動機がないと気が済まないだろ。でも真綾は違うんだ。好きなものがあったら、とにかく飛びつく。だから、こいつといると世界が広がるような、毎日少しずつ違う人間になれるような感覚があるんだ。ほら、最近ハマってるサウナもマダミスも、真綾が教えてくれて始めたんだよ」

そういえばインスタを見る限り、長谷川はここ数年突如としてミーハー趣味に色々と手を出していたが、それは真綾ちゃんの影響だったらしい。長谷川はきっと僕の真綾ちゃんに対する不当な苛立ちを鎮めるべく、彼女の肩を持つような説明をしたつもりなのだろうが、それは一層僕の神経を逆撫ですることになってしまった。長谷川が真綾ちゃんのせいで変えられてゆき、僕が知っていた、そして僕が多くの時間を共に過ごした長谷川が一秒ごとに少しずつ死んでゆくような感覚に襲われたのだ。

「結婚だってそうだよ。正直、まさか自分が結婚するなんて考えてもなかったけど、真綾がどうしても結婚したい、結婚したらきっと楽しいよって言ってくれて、真綾がそう言うならそうなのかもな、と思えたんだ。昔の俺を知ってるお前からしたら信じられないだろうけど」

早くもワインで酔いつつあるのか、長谷川が珍しく感傷的なことを言うのを、僕は曖昧な相槌で肯定してみせることしかできなかった。置いていかれたものの悲しみ――この感情の正体に、僕は徐々に気付き始めていた。西向きの窓からどろどろと流れ込んでくる濃密な夕日が部屋を満たし、それが喉に詰まって息がしづらいような錯覚に襲われた。しかし僕は精一杯、まるでそれがこの場のドレスコードであるかのごとく、長谷川や真綾ちゃんと同じように微笑みを顔に張り付けていた。

「俺、たぶん一生結婚しないと思う。恋愛とかよく分かんないし」

駅まで送るよ、という二人の申し出を丁寧に辞退した清澄白河駅までの孤独な道程の中で、ふと長谷川がいつか言っていた言葉を思い出していた。高校時代、やることがない僕たち仲良しグループは、

「なんか、売れてる若手男性アイドルと雑誌モデル出身の若手女優がセリフ棒読みしてるタイプの恋愛映画見に行きたくない？」という誰かの冗談を実践すべく、池袋の映画館で本当にその手の映画を見て、「あ〜、これ以上の無駄遣いはなかっただろ」とか自慢げにボヤきながらマックに行って、そこで「恋愛に入れ込んでる連中は、きっと他にやることがない暇人に違いない」とか誇らしげに語り合ったりしていた。

長谷川があの言葉を言ったのは、そんなある日のことだった。事実、彼は中高時代はもちろんのこと、大学に入っても誰かと付き合うことをしなかった。一方、確かその時は「そうだよね、恋愛してる暇があったら青チャートでもやってたほうがいいのに」とか言ってたはずの僕は、大学に入った途端にあの有様だ。長い時間と多くのものを共有してきたはずの僕と長谷川は、一体どこがどう違ったのだろうか？　それは生まれつきの違いだったのだろうか？　それとも……。

頭がぐるぐると混乱してきたし、長谷川に勧められるがままにお酒を飲みすぎた。社会人が泥酔して帰ってくるなんて大学生たちに示しがつかないから、僕は気分を落ち着けるために渋谷で電車を降りて歩いて帰ることにした。まだ20時過ぎだった。週末の夜の道玄坂《どうげんざか》の混雑も円山町《まるやまちょう》を過ぎたあたりには収まり、玉川通りには首都高の高架を行き交う車の走行音が羽虫のように満ちている。神泉に差し掛かると、前方に見慣れた店が現れた。この間、長谷川と行ったフレンチレストランだった。

「来年からは酒飲むのも仕事になるからな、勉強も兼ねてこういう店にも行くようにしようと思うんだ。でもデート向きの店に誘える女の子はいない。それでどうだ、一緒に行ってくれないか？」

就活を終えたばかりの大学4年の春、初めてこの店に僕を誘ってくれたのは長谷川だった。僕は僕で、沿線の商業施設の開発や運営を仕事でやる可能性があったし、それに何より、社会人生活がすぐそこに迫ってきている中で、背伸びしたい年頃だったのだろう。いつか恋愛映画を男だけで見に行ったときと同じ悪戯っぽい動機で、今度は僕たちは記念日を祝うカップルだらけのフレンチレストランに乗り込んだのだった。「テーブル席とカウンター席、どちらがよろしいですか？」と聞かれて、顔を見合わせて笑いながら「カウンター席でお願いします」と即答した。肩を寄せ合って、しかしお互いの顔を見ることとなく、野菜がふんだんに使われた健康的なフレンチを食べた。意外に味が良かったこともあって、二人ともすっかりこの店を気に入り、その後も定期的に、決まって二人で訪れた。

「ついにこの店に連れてきてもらったってことは、私も長谷川の代わりになれたってことなんですかねぇ」

数年後、カウンター席で僕の隣に座っていたのは冴子だった。当時付き合っていた彼氏と別れたと聞くや、待ち構えていたようにすぐさま僕は彼女にデートの打診をして、食事の場所として選んだのがあのフレンチだったのだ。長谷川の代わり、というのは知的な彼女らしいジョークだったのだろうが、僕は心の触れられたくない襞《ひだ》を撫でられたような気分がした。言われてみると、たしかに僕はこのお店にこれまで付き合ってきた女の子たちを連れてくることはなかった。その夜冴子と一緒に来たのは、第一には彼女が僕にとって長谷川と同じくらい大事な存在だったためだろうし、第二にはきっと、長谷川が数ヶ月前にいきなり「彼女ができた」と僕に告白してきたせいもあるんだろう。

「顔もタイプじゃないし、性格も話も合う訳じゃないけど、まぁ向こうがどうしても付き合いたいって言うから、一回くらいはいいかなって」

まるで取るに足らない人生経験について語るように、長谷川は僕に真綾ちゃんと交際するに至った経緯を語ってみせた。へぇ、まぁいいんじゃない、と何てこともないように軽く反応しておいた僕の内心は、実のところ激しくザワめいていた。いつでも同じ場所にいてくれて、いつでも傷ついて戻ってきた僕を温かく迎え入れ、抱きしめてくれる長谷川がいなくなってしまう――冷たい予感は現実のものとなった。それは、長谷川に彼女ができたからではなく、僕がその直後に冴子と付き合い始めて、彼と連絡を積極的に取り合わなくなったためだった。

「長谷川の代わり」。冴子はきっと、大学時代から僕たちの関係の本質を見抜いていたのだろう。僕はいつだって訳もなく不安で、常にその不安を消してくれる依存先を求めていた。お前はただのメンヘラだ、と言われれば反論できないし、そのメンヘラじみた依存の最大の相手先が長谷川だったのだ。しかし僕は、身体的な関わりを含めてもっともっと深く、入り組んだ依存関係を恋愛の中に発見して、最終的には冴子との結婚に至った。

「ただ、私たち二人とも、結婚に向いてなかっただけなんだと思う」

とにかく冴子は結婚という檻《おり》の窮屈さに最後まで適応することができず、僕だけをそこに残して去っていってしまった。その半年ほど前、インスタを見ていたら長谷川がストーリーを投稿していた。例のフレンチで真綾ちゃんの誕生日を、いつものカウンター席で祝っていた。長谷川がこの店に僕以外の人を連れてきているのを初めて見た。

冴子、真綾ちゃん、そして長谷川……様々に混ざって、最終的に薄汚い色になってしまった感情を隠しながら、僕はレストランのガラス扉から漏れるオレンジ色の暖かい光の中を黙って通過した。

＊

椎名さんの地域猫活動は順調な滑り出しを見せていた。この地域に10匹程度いるという地域猫たちの生態や、猫たちの世話をしているボランティア団体の活動情報を収集し、ラウンジの壁に貼ったマップにそれらを次々と書き込んでいった。また、この問題に熱心に取り組んでいる世田谷区議に連絡を取ってみると、翌日には彼女はクロスポを訪れたのだった。

「若者が地域の問題に積極的に参加すること、本っ当に素晴らしいと思います！　区としてもより一層のサポートができるようにします」

自身も二匹の猫を飼っているという愛猫家の久保《くぼ》みつこ議員は、沼田くんが抱いて連れてきたヨシハラを膝の上で撫でながらそう約束してくれ、最後には彼女を入居者たちで囲んで記念撮影をした。その写真はその日のうちに久保みつこ議員のFacebookやブログに大絶賛の文言とともにアップされたのだった。それをきっかけに、彼女と親交のある議員や動物愛護に関して同じ志を持つ議員が次々とクロスポを視察しにやってきて、記念写真を撮って満足げに帰るようになった。大人たちはみんな、今っぽい若者と交流し、今っぽい若者を褒めることで、自分たちは若者と理解し合えているのだとアピールしたいのだろう。

一方で、残念ながら現時点では椎名さんたちの地域猫問題への取り組みは成果らしい成果を出せていないようだった。近隣のいくつかのボランティア団体がラウンジに集まり、知見の共有をしたという実績こそ生まれたが、それ以上のものはなかった。言われてみると当たり前で、この手の伝統的ともいえる社会問題に、ただ意識が高いだけで特に専門知識のあるわけでもない若者たちが数ヶ月取り組んだところで、簡単に大きな成果が得られるものでもないのだ。しかし不思議なことに、そんな足踏み状態の中にありつつもほとんどの入居者たちの顔はイキイキと輝いていたし、彼らと懇談するためにわざわざやってくる議員たちも同様だった。ただし、椎名さん一人を除いて。

「正直、焦ってます。色んな人が応援してくれたり、褒めてくれたりするのはありがたいんですが、何だかまるで『お前は若者代表、Z世代代表でいさえすればいい』とでも言われているような気がして……すみません、ちゃんと成果を出していれば、こんなことでウジウジ悩まなくていいのかもしれないけど」

椎名さんはあるとき僕を捕まえて、こんな悩みを打ち明けてくれた。もしかすると彼女は、周囲の人たちが勝手に作り上げた理想に無理やり押し込まれようとしていることへの不安の中にいるのかもしれない。彼女も僕からの答えを求めているわけではなさそうだったし、僕も軽々しくそれっぽい答えを言うのは違うと思ったから「僕でよければ愚痴くらいは聞くから、あまり抱え込みすぎないようにね」とだけ伝えた。

「ところで」と、部屋に帰ろうとしていた椎名さんを僕は呼び止めた。ずっと聞いてみたいことがあったのを思い出したのだ。

「椎名さんは、どうして地域猫の問題にこうも真剣になれるの？　何かこう、人生を変えてしまうようなきっかけみたいなものがあったのかな」

どうも椎名さんは学生たちの中で明らかに毛色が異なっている。脇谷くんのように、Z世代らしい振る舞いをしたい気持ちをぶつけるでも、あるいはZ世代代表という誇らしい肩書きを得るためでもなく、彼女だけが純粋な気持ちで問題と向き合っているような気がしたのだ。

「きっかけですか？　そうですね……」

私はある夏の日、思い立って公園に足を運んだのですが、そこで暑さにうだる黒猫を目にしました。小さい頃だったら「クーラーの効いた部屋で寝転ぶ飼い猫とは違って、野良猫は暑くて大変だなぁ」で終わったんでしょうが、高校生になった私は違いました。ただの野良猫ではなく地域猫らしきその生き物の向こうに、北極が見えたんです……

「……だなんて、冗談ですよ。ベタですけど、小さい頃に猫を飼ってたので、昔から猫好きなんです。つまらない理由でしょ？　私にも、篠崎くんたちが言うような分かりやすい理由があるといいんですけど」

椎名さんのとんでもない発言に僕は面食らってしまい、彼女は彼女でそんな僕の反応を見て、悪戯っぽく笑っていた。

「知ってますよ、篠崎くんたちのこと。シロクマのことも。でも別にいいんです。どんな動機だったとしても、たとえ内申点や推薦入試のための嘘だったとしても、結果として正しいことをしてるんだとしたら、何もしないよりよっぽどマシですよ。完璧で正しい自分でいなくちゃいけないっていう強迫観念？　そういうのがみんな強すぎるんじゃないかな。脇谷くんなんかを見てると、特にそう感じます」

何となくZ世代的価値観の原理主義者のように見えていた彼女のそんな柔軟さに、僕は驚いてしまった。こんなことを言ったら脇谷くんにまた「そういう『本質は変わらないおじさん』が若者に嫌われるんですよっ」と怒られてしまいそうだが、彼女の論理はきっと、若者の地域猫活動だけではなく、あらゆる世代のあらゆる人たちによる「正しそうな行為」全般に適用されるのだと思えた。例えば、僕の結婚にも。それは客観的な判断というよりも祈りに近いのかもしれない。みっともない束縛から始まった僕たちの結婚が、その動機のせいで「間違ったもの」と見做されてしまうことがありませんように、という自分勝手な祈り。地域猫から始まった話は、シロクマを経て僕自身の過去へと不思議な接続を生んでいた。

「ところで」僕を祈りの世界から現実に引き戻すべく言葉を投げかけてきたのは、椎名さんのほうだった。

「……沼田さんって、お付き合いしてる人がいるか、知ってますか？」

「ええっ⁉　いるわけないじゃないですかぁ」

翌朝、食堂で納豆をぐるぐる混ぜながら、沼田くんはなんて愚かなことを聞くのか、とでも言わんばかりの表情を浮かべた。そうだよね、と僕も内心思った。「世界のエリートたちはきちんとした朝食によって一日のスタートダッシュを飾るための活力を得ている」と、クロスポでは毎朝こうしてごはんと味噌汁、トーストと目玉焼きといった朝食が出る。

「沼田さんは、ただ無気力なんじゃなくて、きっと考えがあってのことだって思うんです。毎日、ラウンジでヨシハラを撫でているだけで、ほかには何もせず、満ち足りた顔で大学生を黙って見守っている。まるで、私たちに何か新しい道を示しているような……」

沼田くんの魅力をうっとりした表情で語る椎名さんの話には、確かになるほどそうかもしれない、と不思議な納得感があった。そういえば学生時代に読んだきりで記憶がだいぶ曖昧だが、パーソンズの宇治田社長の自伝『徹夜ではたらく社長の告白』には、その刺激的なタイトルからすれば逆説的だが「徹夜ではたらくのは社長だけでいい」、つまり「社員が徹夜しなくても会社が回る仕組みを徹夜で作るのが社長を含むマネージャーの仕事だ」「社員はむしろ過労で潰れないよう、上司の目を盗んでサボるくらいがちょうどいい」と書かれていた気がする。沼田くんが自慢げに話していた「手を抜いていることがバレないように、しかしクビにならないようにエレベーターのプロジェクトでとんでもない成果を出して新人賞を獲得した」というエピソードが本当だとしたら、沼田くんの存在は宇治田社長にとって、自分が目指す会社が実現していることの証拠であり、彼が理想とする若者のモデルとも言えるのかもしれない。それに、「頑張っても必ずしも報われない社会で疲弊するよりも、日々に小さな幸せを見つけたほうがいい」ということは、この間脇谷くんに言われて読んだZ世代に関する解説本にも書いてあった。そうなってくると急に、あの怠惰な愛猫家が突如としてZ世代的価値観の最も忠実な体現者に見えてくるのだった。そうである以上は、彼こそがあのZ世代の女王である椎名さんのパートナーとして相応《ふさわ》しいと言えるのかもしれない。

「沼田くんはこれまで、誰かとお付き合いとか、そういうことをしたことがあるの？」と、僕はとんでもなく無礼な質問を無礼を承知で投げかけてみたが、沼田くんはまったく意に介していなかった。

「まぁ、今のところはありませんけど。そもそも、別に結婚願望みたいなものもないですしねぇ。だって、考えてもみてくださいよ。ある時点での自分の判断で、未来永劫自分を縛り続けるだなんて、あまりに馬鹿げていませんかぁ？　猫だけじゃなく、人間も身勝手ですよ。僕は少なくとも、他人には期待しないことにしていますから」

その台詞《せりふ》――もちろん若干のアレンジは施されていたものの、決して忘れられないその台詞を偶然にも聞かされたせいで僕の体を駆け巡った衝撃がいかほどであったか、ぜひ想像してほしい。「えっ、なんかマズいこと言いましたかぁ？」と、いつものニヤニヤ顔でねちっこく話しかけてくる沼田くんのその後の言葉はもはや、一欠片《かけら》たりとも入ってくることはなかった。僕だって彼のプライバシーに踏み込んだのだし、彼にだってそうする権利はあるだろう。

「……例えば、沼田くんのもとからヨシハラがいなくなったら、沼田くんはどうする？」

僕が質問に質問で返すという愚を犯したというのに、沼田くんはその点を嬉しそうに指摘するでもなく、大人しく黙ってしまった。

「どうする？　捜しに行く？　それとも諦める？　相手を責める？　それとも自分を責める？」

沼田くんは引き続き何も言わない。僕だって、おそらくは彼の返答を期待していない。ある意味で、僕は僕に問いかけ、僕からの答えを待っていた。僕が傷心を理由に向き合うことから逃げてきたその問いに、僕は夏の平日のなんてこともない朝ごはんの時間に、どういうわけか向き合おうとしている。

「僕は、何もしないと思います。焦って捜しに行くこともせず、次の日も同じ場所で座っているだけだと思いますよ。だって、被害者の側が加害者を追いかけなきゃならないだなんて、収支が赤字じゃないですか」

沼田くんは空になったいくつかのお皿や器が載ったお盆を持って立ち上がり、「これからヨシハラにごはんをあげないと。失礼しますね」と言い残すと、僕を置いてそそくさと去っていってしまった。被害者。沼田くんのその大袈裟な言葉は、置いていかれた僕の心を、ザワザワと波立たせていた。

沼田くんが、お隣さんからバケツで水を浴びせられたのはその直後のことだった。

「びっくりしましたよぉ〜。猫たちのエサを中庭で用意していたら、いきなりお隣さんがノシノシ侵入してきて、喚きながら僕の顔面に水をぶちまけるんだから」

みんなが心配そうに見守る中、濡れた髪をバスタオルでゴシゴシと拭きながら、いつものニヤニヤ顔で沼田くんは、まるで武勇伝のようにさっき起きた出来事を呑気に語っていた。別に沼田くんがすべて悪かったわけではなく、最後にお隣さんの行動の引き金を引いてしまったのが彼だったというだけのようだ。一方、椎名さんは悲痛ともいえる表情をしていた。

「近所で聞き込みを進めていく中で、どうも隣の古い戸建てに住んでいる人が、区の担当部署に匿名で、地域猫について毎日のように執拗な苦情を入れているということが分かってきて。怪文書みたいな手紙がクロスポのポストに入ってたことも何回かあったし、地域猫のことをよく思ってない人が私たちを攻撃することもあり得なくはないな、とずっと心配していたんですが……」

「まぁ、朝シャンみたいなもんですから。逆に、これから毎朝冷水を浴びようかなぁ。ビックリするくらい気持ちがシャキっとしますよ」

当の沼田くんはまったく気にしていないようだが、椎名さんの落ち込んだ気持ちがすぐに回復する見込みはほとんどなかった。彼女の落胆の最大の理由はもちろん、地域猫活動が行き詰まってきていることなのだろうが、もしかするとそれと同じくらい、最近少し気になっている沼田くんに自分のせいで怖い思いをさせてしまったということもあるのかもしれない。

そして、落ち込んでいるのは椎名さんだけではなかった。普段なら弱音なんか吐かないどころかこれ幸いと自慢してくるであろう脇谷くんは、どういうわけか椎名さん以上に凹んでいるようだった。

「こういう逆境でもソーシャルグッドへの情熱を失わない強さをZ世代は持ってるんですよ」だとか他の大学生たちも同様で、自分の取り組みがもしかすると間違った行いだったのかもしれないという不安は、正しさを最も重要な行動原理とする彼らを大きく揺さぶっていた。

「何にしろ、みんなの身の安全が一番だよ。まだクロスポに入居してから半年も経っていないんだし、脇谷くんなんて大学1年生だ。地域猫以外にも活動する先はあるだろうし、悩んでいるなら一度立ち止まってゆっくり考えよう。沼田くん、とりあえずシャワー浴びてきたら？」

重苦しい空気を変えようと、僕が明るく提案すると、沼田くんは大人しく去っていった。風呂上がりの彼に冷たい麦茶でも出してあげよう、と僕は思いついた。冷蔵庫のある2階までわざわざエレベーターを待つのも億劫《おっくう》だから非常階段で上がることにした。

踊り場を過ぎたあたりで、思わず立ち止まった。非常階段から2階の廊下に出るドアの向こうで話し声が聞こえたのだ。

「きっとお隣さんは、区役所にまた苦情の電話を入れるに違いない」

「そうすると、区議はもう僕たちのところに来てくれないのかな？」

「そんな！　まだ国会議員も、新聞の取材も来てくれていないのに」

「それは困る、せっかく椎名さんを信じてついてきてやったのに」

「僕たちはこれからどうすれば？」

「ああ、不安だ」

「正しくないことが、こんなに不安だなんて」

「僕たちは被害者だ！　正しいことがしたかったのに、椎名さんのせいで正しくない場所へ連れていかれてしまった！」

「早く正しいことがしたい！　そうしないと不安で仕方がない」

「何かないかなぁ、正しいこと」

「そうだ、正しいことがいい。絶対に正しいこと……」

「「シロクマだ！」」


扉の向こうで作戦会議をしているのは、篠崎くんたちの集団に違いない。決定的な現場に踏み込む刑事のようにドアを開けようかとも思ったが、足がすくんでしまっているうちに彼らは一定の結論に達し、「そうだ、シロクマだ」「シロクマはかわいいなぁ」と言い合いながら、微かな足音とともに去ってしまった。

＊

その翌日から、クロスポに何頭かのシロクマが現れた。もちろん本物のシロクマが池尻大橋のオシヤレなシェアハウスにやってくるはずがない。篠崎くんたちが、シロクマの着ぐるみ姿で生活し始めたのだ。

「シロクマの気持ちを体験すべきだと思うんです」

「そう、シロクマの気持ち」

「彼らは寒い環境を愛しているのに、どんどん気温は上がり、氷は解けてゆく」

「シロクマは苦しんでいる」

「その苦しみを、僕たちも知るべきだ」

「だから、着ぐるみを自分たちで縫って作ったんです」

「暑いですよ、でもシロクマはもっと暑くて苦しんでるんです」

彼らの着ぐるみはテーマパークにいるようなしっかりとしたものではなく、白いパイル地の布を簡素に縫い合わせた安っぽいパーティグッズの趣だった。フードには耳と、黒いボタンの目が取り付けられている。彼らがふり向くと、ボタンもぬらぬらと光を反射しながらこちらを向くのだった。

最初のうちは、入居者たちも怪訝《けげん》な目で遠巻きに見ているに過ぎなかった。しかし彼らが夜な夜な食堂の片隅に集まって、どこから借りてきたのかミシンを何台も持ち込んで粛々と大量の着ぐるみを作り「これをメルカリで売って、売り上げをＮＰＯに寄付するんです」なんて言い出すと、地域猫活動が停滞期に入ったことで暇を持て余した大学生たちの何人かは面白半分で手伝い始めた。シロクマ活動にジョインした彼らはやがて「すごい、正しさが体に染みてゆく……」などとほとんど絶頂しそうな顔で言いながら、篠崎くんたちと同じく自作のシロクマの着ぐるみを着て生活するようになった。篠崎くんたちの集団は続々と規模を拡大し、既にクロスポの半数近くを取り込んでいた。

「訳が分かりませんよっ。あんなことしたところでシロクマの気持ちなんて分からないだろうし、あんなヘンテコな服を買う人がいるとも思えません。それに僕たちは、別に正しくあるために地域猫活動をやっていたんじゃないんだから、正しさを理由にシロクマに鞍替《くらが》えするだなんて……」

脇谷くんはどうにか正気を保っているようで、チューターである僕にこの状況への対処を要求した。しかし僕としてはどうしようもないので困ってしまう。別に入居者全員が一つの活動にだけ従事すべきというわけでもないし、確かにシロクマのためのチャリティというのはまったく正しい行為だから、それを「胡散臭《うさんくさ》いから」「椎名さんが、なんだか可哀そうだから」と、篠崎くんたちを止める理屈なんてないのだ。現に、椎名さんはああいう性格だから「いいんじゃないですか？　それぞれが好きなことをやればいいし、私は一人になっても地域猫活動をやるつもりですよ」と飄々《ひょうひょう》と構えていた。

「今更だけど、脇谷くんはどうして地域猫活動を頑張っていたの？　椎名さんや久保みつこ区議は、純粋に猫好きだからって言ってたけど」

「どうしてって。そう言われると、どうしてなんだろう……。頑張っている椎名さんを放っておけなかったし、確かにヨシハラはかわいいし、なにより、僕にはその――」

僕の何てことのない疑問は、脇谷くんの心の深い穴へと落ち込んでいったようで、言うのも憚られるような結論を自分自身につきつけてしまったらしいが、しかし彼はまだそれを僕に共有することを拒んでいた。代わりに、脇谷くんも翌日からシロクマの着ぐるみを着るようになってしまった。

「すごい、本当に正しさが体に染み込んでくるような感覚があるんですよ……ああ、これまでどうして興味のない地域猫活動なんかやっていたんだろう！　そうなんです、僕はもともと、地域猫になんて一切興味がなかったんです。ただ僕には、他にやることが、やりたいことがなかった、それだけなんです！」

まだ活動に従事していない大学生たちをドン引きさせながら、必死に彼らをアジテートしようとシロクマ姿で駆け回る脇谷くんには「悪いけど、『露骨な勧誘活動』は規約で明確に禁じられているよ」と伝えざるを得なかった。僕の発言でかえって火がついてしまったようで、脇谷くんはこれまで見たことのないくらい熱の入った様子で、唾をまき散らし始めた。

「僕を責めるんですか⁉　僕たちはむしろ被害者ですよ！　学校では『身の回りの課題に興味を持ち、課題解決に取り組みましょう』なんて言われるのに、僕はどうしても、心の底からそうすることができなかったんです！　どうです、僕は間違っている人間ですか？　悪い動機から始めた美しい行動は、悪い行動ですか？　それとも美しい行動になり得ますか？　空っぽの動機で始めたシロクマ保護活動は、今すぐ止められるべきですかっ⁉」

脇谷くんはあまりの興奮に、涙すら流していた。それはきっと、シロクマという異装によってようやく彼が解放することのできた、切実な本音に違いないのだろう。正しい若者像にそのまま嵌《は》まることのできなかった若き優等生たちが、誰にも言えないまま抱えていた苦しみ。誰もが椎名さんのように単純な、しかし誰にも折られることのない強度で人生を形作ることはできないのだ。

「しかし、メルカリであんなものが売れるの？　脇谷くん自身がそれを疑問視していたじゃないか」

「売れるかどうかなんて、どうでもいいんですよ。僕が正しいことをしていて、世間がそれに応えない。そのせいでシロクマは日々飢えて、苦しんでいる。悪いのは世間であって、僕は常に正しい。それでいいんです。僕が正しくいられさえすれば、シロクマなんて本当はどうでもいいんですよっ」

自分のみっともない感情を直視させられて、錯乱状態の中にある脇谷くんが絶叫する。つまり彼は、ヨシハラたちに対する献身ではなく、シロクマを通じた被害者意識の中に安住の地を発見してしまったのだ。

「ほら見ろ、やっぱりシロクマは正しいんだ！」

「ああ、正しいことは気持ちがいいなぁ」

「僕たちはこの正しさの中で、永遠に生きられる！」

「でも、もっともっと正しくありたいなぁ」

「まだ地域猫活動なんてやっている連中がいるぞ」

「脇谷くんは、アジテートに本気じゃないんじゃないか？」

「これはきっと彼の怠慢に違いない」

「裁判をやろう」

「そうさ、正しくない連中は裁判にかけないと」

「あとは椎名さんと、それからヨシハラも」

「そうさ、裁判にかけよう！」

「あいつらがいるから、正しくない活動に人を取られているんだ」

「改心させるか、追い出すかすればいい」

「分かる」「分かる」「分かる」「分かる」「分かる」「分かる」「分かる」「分かる」「分かる」「分かる」

「分かる」「分かる」「分かる」「分かる」「分かる」「分かる」「分かる」……

そうして彼らは翌日本当に、ラウンジに机を並べて即席の人民裁判を始めた。それは恐ろしく奇妙な光景だった。シロクマの着ぐるみ姿の連中がずらりと並んで、事前に招集をかけていた脇谷くん、それに椎名さんとヨシハラを待っていた。

「ずみまぜんッ！　僕ばっ！　シロクマに対ずる愛が著《いちじる》じぐ欠けでいだと言わざるを得まぜんッ！」

朝から行われた裁判で、脇谷くんは泣き叫びながら潔《いさぎよ》く自己批判した。彼にはこの夏休みの間に日本各地の動物園を回り、シロクマへの愛を高めるという刑罰が科されることとなり、シロクマ軍団の面々からは「羨《うらや》ましいなぁ」「僕も行きたいなぁ」などとわざとらしい声が上がった。一方で、彼らがどれだけ待ち望んでも椎名さんとヨシハラがそこに現れることはなかった。というのも、僕らが昨日のうちに手を打っておいたから。

「とんでもないことになってきましたねぇ。これはメインチューターとしての職務怠慢が招いたことですよ」

日差し対策にマッカーサーみたいなサングラスをかけて運転席に座る沼田くんが、いつものニヤニヤ顔で責め立てるのに対して、僕は一切の抗弁ができなかった。まったくその通りだ。だから僕はこの騒動を収拾すべくクロスポに残り、念のため椎名さんとヨシハラをここから避難させることを決めたのだった。

「誰のせいでもないですよ。こんなこと、誰も想像できませんから。落ち着くまでは向こうにいようと思うので、状況を適宜教えてください。ヨシハラも、新しい環境にすぐ慣れるといいんだけど」

山中湖畔に椎名さんの実家が所有する別荘があるということで、夏休みの間、彼女にはそこに一時避難してもらうことになった。夕方出発する彼女を、免許を持っている沼田くんに送ってもらうことにした。

不安げな表情でレンタカーの後部座席に座る椎名さんの隣には、小さなケージに入れられたヨシハラもいた。

「変なことに巻き込んでしまってごめんね。すぐに戻ってこられるようにするから」

僕はそう謝りながら、せめてものお詫びでヨシハラ用の「ちゅ～る」を山ほど手渡して、二人と一匹が乗る車を無事に見送った。その日の夜中には、椎名さんを置いてさっさと帰ってきた沼田くんが「すごい豪華な別荘でしたよ。ヨシハラは車内でずっと大人しくしていて、偉かったです」と、重大なミッションを無事に終えて誇らしげにしていた。

翌日、一人と一匹の不在に慌てふためく脇谷くんたちを横目に、僕たちは傍聴席でこっそりグータッチをしたのだった。沼田くんと僕との間に、奇妙な仲間意識が芽生えつつあった。どういうわけか、僕たちはここ最近、変に気が合う。その正体は分からないが、沼田くんと僕は、何か似たものを心のどこかに共有しているのかもしれない。

*

「いや、すみません本当に……あの時の自分はどうかしていました。失礼なことを言ったりしていたらすみません」

それから1週間ほどが経った頃、クロスポにひとり帰ってきたのは脇谷くんだった。例の裁判は被告人である一人と一匹の不出頭のためいったん閉廷し、代わりにシロクマへの愛を抑えられなくなってきた篠崎くんたちは、刑罰だったはずの脇谷くんのシロクマツアーに「僕もシロクマ見たいなぁ」「日本各地のシロクマを表敬訪問して、最終的には北極に行ってしまいたいなぁ」などと言いながらみんなで帯同することにしたらしい。彼らはあの着ぐるみのまま汗をダラダラ流しながら、十数人の団体でクロスポから旅に出てしまったのだ。

「パンダですよ。まず上野の動物園に行ったらパンダがいたので、僕が『パンダはかわいいなぁ』と言ったら、シロクマ原理主義の篠崎くんたちが『シロクマのほうがかわいいに決まってる』『シロクマの正しさを愚弄するのか』と怒り始めて。そのまま徹夜で議論し続けたのですが、結局結論は出なくて。それどころか、『カピバラもかわいい』だとか『アルパカだってかわいい』だとか、どんどん分裂が進んでしまって、最後はちょっとした内紛状態に……」

それで、一人最後までパンダを推していた脇谷くんは追放を宣言されてしまい、行き場を失ってクロスポに帰ってきたということだった。その後カピバラ派やアルパカ派を追放しながら、組織の思想純度を極限まで高めたシロクマ原理主義者たちは、遂には本気で北極に旅立つつもりらしい。脇谷くんが深刻そうな顔で語る、しかしどう考えても馬鹿げたその展開に、僕と沼田くんは俯いて笑いをこらえるのに必死だった。

「自分で自分が嫌になりました。昔からそうだったんです。僕は椎名さんみたいに、純粋でシンプルな理由から何かに真剣に取り組むこともできない。それなのに椎名さんの真似事をして、僕はZ世代の鑑《かがみ》ですぅ、地域猫たちの幸せを心の底から願ってますぅ、みたいな顔をして活動していることに、ずっと罪悪感みたいなものを抱えていて。それで、悪い動機しか持てないんだったらせめて正しい行動をしようと篠崎くんたちの集団に入ってはみたけど、今度は正しさの競争が始まってしまって。僕はそこに熱狂することもできなかった。僕は一体、これからどこへ行けばいいんでしょうねぇ」

騒動の中で彼なりの悟りをひらいてしまったのか、老年の宗教家のような穏やかな顔で脇谷くんはラウンジのソファに深く座り、僕が出してやった冷たい麦茶を飲みながら自分の過ちを滔々《とうとう》と振り返っていた。結局、彼はどこにも行けなかったのだ。椎名さんを捨てて走り去った先で、篠崎くんたちに置いていかれて、椎名さんのもとに戻ってきたはずが今度は彼女に置いていかれていた。彼の弱さや自分勝手さを指摘して批判するのは簡単なのかもしれないが、僕は責める気になれなかった。

「まぁ、こうして正気に戻ってくれてよかったよ。篠崎くんたちはこのまま戻ってこないかもしれないけど、戻ってくる人たちも何人かはいるだろうね。まぁ当面はゆっくり休みなよ」

「いえ、まずは椎名さんに謝らないと……きっと怖がらせてしまっただろうから。彼女は今どこにいるんです？」
僕の労《ねぎら》いにも耳を貸さず脇谷くんがそんなことを言うので、椎名さんに事の顚末をＬＩＮＥで伝えたところ、
《そしたら、脇谷くんも連れて、みんなで夏休みも兼ねて山中湖に遊びにきたらどうでしょう？　涼しくて過ごしやすいですよ》
という魅惑的な打診を受けてしまった。僕は8月のうだるような暑さとここ数日の奇妙で濃密な体験のせいで心身ともに疲れ切っていた。そうして、「ええっ、また運転させられるんですかぁ」と文句タラタラの割に、いつ誘われるのかとソワソワしていた様子の沼田くんも巻き込んで、僕たち三人はその週の金曜の夕方から二泊三日の旅程で山中湖に向かうことにした。

外観は古びているが、内装は3、4年前にすっかりやり直したというログハウス風の別荘の入り口には「椎名荘」と書かれた古い銘板が立ててあり、その横に「わ」ナンバーの銀色のミニバンがお行儀よく停まっている。

「別荘があるだなんて言ったら、今度は『親ガチャ罪』で裁判にかけられちゃうから秘密ですよ」

22時過ぎに沼田くんの運転する車から降りると、ヨシハラを抱いた椎名さんはそんな冗談とともに出迎えてくれた。普段クロスポではラルフローレンのシャツとかをきちんと着ている彼女が、おそらくは高校の部活かなにかで着ていたであろうスポーティな素材の無地Ｔシャツにスウェットパンツというラフな恰好で現れたから、僕は少し驚いてしまった。

「多分、無意識のうちに無理していたんだと思います。クロスポは同世代の、それもみんな一様に意識の高い人たちが集まってる場だから、私もちゃんとしなきゃ、とか、みんなをリードしなきゃ、と

か色々考えちゃって、背伸びしちゃってたんだろうな」

もうすっかり打ち解けたのか、いつもなら沼田くん以外には寄り付かないヨシハラを膝に置いた椎名さんが、この別荘の特等席らしい安楽椅子に座ってゆらゆらと揺れながら呟いた。月に何日かは東京近郊の実家に帰ったりする人も多かったが、両親が日本を離れている椎名さんはほとんど毎日あのシェアハウスで過ごしていたから、彼女は常に入居者たちの期待――新しくて正しいZ世代代表として、自分たちを彼女のように変革してほしいという法外な期待に晒され続け、疲弊していたのかもしれない。そんな期待を彼女にかけていた代表格が、他ならぬ脇谷くんなのだろう。

「椎名さん、ほんとにごめんね。僕が間違ってた。椎名さんを見て、自分も価値ある人間にならなきゃと焦ってしまって……それでZ世代とかいう分かりやすい記号に飛びついて、それでようやく何者かに、正しい存在になれたつもりでいたんだ」

脇谷くんは、神妙な顔で今回の暴動を振り返り、真摯に謝罪した。「気にしないで、おかげですごいもの見られたから」と、椎名さんはこれまたクロスポでは見せたことのないようなブラックジョークを含んだ気さくな笑いでそれを受け入れた。これでとりあえず、一件落着だ。僕たちは順番にお風呂を借りたり、来る途中のスーパーで仕入れてきたお酒やジュースを飲みながらリビングで下らない話をしたりと、だらしのない金曜深夜の時間を存分に楽しんだ。

「沼田さんは、本当にもったいないと思うんですよっ！　せっかく優秀なんだから、もっとチューターとして入居者にコミットしてくれたらいいのに」

まだ未成年だから大人しくジュースを飲んでいるというのに、脇谷くんは深夜テンションで昂っているらしい。キャビネットからバカラの高そうなウイスキーグラスを見つけてきて、クロスポから持ち込んできたらしい安ウイスキーと氷を注いで啜っている沼田くんは我関せずといった様子で答える。

「脇谷くん、人間は価値を生むための装置でもないし、競争で勝つための機械でもないんですよ。さっきも聞いてて思いましたが、君は他人の目を気にしすぎてるんじゃないですか？　僕みたいに、下らない人生ゲームから降りてしまって、コースの外でのんびり猫でも撫でてるほうが幸せですよ。ほら、まずはリハビリとして、ヨシハラと仲良くなったらどうです」

　酔っているんだか酔ってないんだか顔色だけ見ても分からないが、珍しく饒舌になっている沼田くんはそう言いながら、ヨシハラを抱え上げてカーペットであぐらをかいている脇谷くんの足元に優しく置いた。どういうわけか、沼田くんは戻ってきた脇谷くんに優しい。しかし、ヨシハラは虫の居所が悪かったのか、ニャンと鳴いてキッチンのほうへと歩いていってしまった。

「はぁ〜……僕はいつもこうなんです。動物も懐いてくれないし、好きな女の子に告白してＯＫを貰えたこともない」

　テンションの上下があまりに激しい脇谷くんは、今度は恋愛方面の悲しい記憶を思い出して憂鬱になってしまっているようだった。恋愛方面と言えば、そういえば……。

「沼田くんは、誰か気になってる人とかいないの？　付き合ってる人はいないって、この間は言ってたけど」

　椎名さんのほうを一切見ることなく、まるで自然な話の流れの結果であるように、僕はそう聞いてみた。ヨシハラが歩いていったほうを眺めていた沼田くんは、目線をこっちに戻すことなく「僕は恋愛はやりませんよ。誰かの人生に振り回されるなんて、とんでもない」と言った。

「でも、ヨシハラのことは好きでしょ？　沼田さん、きっと恋愛向いてますって」と、自ら強引にパスを出しに割り込んできたのは椎名さんだった。

「そんなことないですよ。ヨシハラとの関係だって、これ以上深める気はないんです。椎名さんだってそうじゃないですかぁ？　こんな蜜月旅行までやっておいて、ヨシハラを飼う気はないんでしょう？」

しかし沼田くんは、途中からいつものニヤニヤ顔を椎名さんのほうに向けながらにべもなくそう返した。椎名さんは黙り込んでしまった。

「図星でしょう？　気持ちはよく分かりますよ。椎名さんのこれからの人生には無限の可能性があるから、ヨシハラに構ってあげられないくらい忙しくなるかもしれないし、日本からいなくなるかもしれない。そこにヨシハラを巻き込むのは申し訳ないというか、まぁ言ってしまえば邪魔になるんでしょう？　でもそれは悪いことじゃないですよ。ヨシハラの幸せについて真面目に考えている証拠でもありますからね」

沼田くんが、まるで勝利宣言のように空になったウイスキーグラスに安ウイスキーをまたトプトプと注いでいる間に、椎名さんは必死で反論を考え、どうにか絞り出したようだった。

「……私の、ヨシハラに対する愛は身勝手ですか？　そりゃ、沼田さんみたいに毎日ずっと同じ場所で同じように、ずっと変わらずヨシハラを撫でられたらいいですけど、なかなかそうもいかないじゃないですか。たしかに私は沼田さんと違って、きっといる場所も、やることも変わっていくと思います。そういう性格なんです、好きになると、考えるよりも先にとりあえず走り出しちゃうタイプだから。だからこそ、今こうしてヨシハラと過ごせる時間をせめて大切にしようと思うことは、身勝手なことなんですか？」

変わらない沼田くんと、変わり続ける椎名さん。対照的な二人の間で交わされる、ヨシハラと愛をめぐる高尚なその哲学的議論を聞きながら、僕はまったく別のことを考えてしまっていた。それは僕が抱える課題、つまり僕と冴子の、それから僕と長谷川の関係についてだった。

「法律婚だろうが事実婚だろうが、ある時点での判断で未来永劫、自分を縛り続けるとか絶《ぜっ》っっ対《たい》に無理。絶対にやりたくない」

僕のみっともない束縛欲から始まった冴子との無謀な結婚を維持するために、僕は十分な努力をしただろうか？　冴子が変わらない人間である以上は僕が変わるか、そもそも結婚を諦めるしかなかったんじゃないだろうか？　にもかかわらず、僕は心のどこかで、冴子が何かのきっかけ、具体的には僕への愛情によって自発的に変わってくれることを期待していたんじゃないだろうか？　期待する以外のことを、僕は何かしただろうか？

「俺、たぶん一生結婚しないと思う。恋愛とかよく分かんないし」

一方で、ああ言っていた長谷川を、真綾ちゃんが変えることに成功したのはどうしてなのだろうか？　僕と真綾ちゃんは、一体何が違ったのだろうか？　おそらく変えようとしても頑として変わらない冴子と一緒にいるために、僕がやるべきだったことは——ここ1年ほど自分の心を占拠し、蝕《むしば》んでいた問題の核心に徐々に近づきつつあるのを、僕はたしかに感じていた。

「じゃあ、そう言う沼田さんはヨシハラを飼うという選択肢はないんですか？　今でこそ椎名さんに浮気されてるけど、ヨシハラはもともと沼田さんに一番懐いてたわけじゃないですか」と、今度は脇谷くんが、思い付きのような気軽さで沼田くんに水を向けた。すると沼田くんは、考える間もなく「あり得ませんよ」とそれを否定してみせた。

「前も言いましたけど、猫は移り気ですよ。ヨシハラもきっと、他にいい場所があればすぐそっちに移ってしまう。僕にはその身勝手な身軽さが、羨ましくすらありますけどね」

ヨシハラおいで、と沼田くんが恥じらうように小さく呼びかけたが、その声はヨシハラがいるキッチンの暗がりへと儚《はかな》く溶け込んで消えた。沈黙。カラリ、と沼田くんのグラスの中で氷が小さな音を立てた。彼の顔にはいつものニヤニヤ顔が相変わらず張り付いていたけど、その奥に何か小さな揺らぎみたいなものが生じているような気がして、僕は次の言葉を継げなかった。

気付けば3時を回ろうとしていた。「高原の朝は気持ちいいんですよ！　ちゃんと早起きして、テラスで素敵な朝食会をやりましょう」と椎名さんは言い残して、大きなあくびをしながら2階の部屋へと帰っていった。残りの3人はリビングに布団を敷いて眠った。


深夜まで続く徹底議論で体が疲れているんじゃないかと思っていたが、適当に設定していたスマホのアラームが鳴る前に目が覚めてしまった。8月の半ばだというのに、部屋の空気はひんやりとしている。寝る前にきちんと閉めていたはずの分厚い遮光カーテンは半分ほど開け放たれ、テラスに面した大きな窓からは、青白く弱々しい光が白いシーツを遠慮がちに照らしていた。僕は上体を起き上がらせ、少し空気の冷たさに体を慣らしてから立ち上がる。窓の外からは慎ましい雨音がする。僕たちが寝た後に降り出したのだろうか、まだ眠っている脇谷くんを起こさないよう、カーテンが少し開いているところへ静かに歩いていった。

沼田くんがいた。冷たい雨がぽとぽとと降る中、テラスの向こうに広がる剥き出しの茶色い土と、その先の針葉樹の林をぼんやりと眺めながら、せり出した屋根の下に置かれた簡易なアウトドアチェアに座っている。その膝の上にヨシハラはいない。彼は一人でただ景色を眺めている。もしかすると誰かが、可能であれば全員がきのう約束したとおり早起きして、一緒にコーヒーでも飲もうと言い出すのを図々しく待っているのだろうか？　いや、直感的に、そういうことではないような気がした。

「僕みたいに、下らない人生ゲームから降りてしまって、コースの外でのんびり猫でも撫でてるほうが幸せですよ」

しかし彼の膝にはヨシハラはいない。昨夜、椎名さんがヨシハラを部屋に連れて帰ってしまったし、この1週間でヨシハラはまるで沼田くんのことなんて忘れてしまったかのようだ。

「猫は移り気ですから、ヨシハラだって、いついなくなるとも分かりませんしね」

降りやむ気配のない雨をじっと眺める沼田くんの表情はよく見えない。しかしどうだろう、もしこの光景が、沼田くんの人生そのものだとしたら？　膝に置いた猫を撫でる以外には何もしない、どこにも行かない彼は、様々なものが彼のもとから去ってゆくのを、ただ眺めることしかできない。膝に残る幸福の残滓《ざんし》のような温かさも、いつしか冷たい朝の空気に奪われてしまうだろう。置いていかれたことの悲しみ――世の中には、誰かを置いて去っていった側と、置いていかれた側があって、多くの場合、僕たちは人生の時々によってその両方を、加害者と被害者を兼ねることになる。僕がある時点では冴子のために長谷川を置いて去っていった一方で、その冴子に置いていかれて、今度は長谷川に置いていかれようとしているように。

「僕にはその身勝手な身軽さが、羨ましくすらありますけどね」

ひとりぼっちになっても動こうとせず、永遠の被害者のままでいる沼田くんは、実のところ何を待っているのだろう？　ひとりぼっちの寂しい人生が一刻も早く終わることだろうか？　それとも、そんな自分のところに、いつか自分のもとから走り去っていった人が戻ってきてくれることだろうか？　こんなこと、考えても分からないし、直接聞くには図々しすぎる。

では僕は？　僕のもとから走り去っていった人に、そして今まさに、まるで違う人間になって僕のもとから走り去ろうとしている人に、僕は一体どうしてほしいんだろうか？

結局、雨はそのまま止むことはなく、僕はそのまま、椎名さんが下りてきて「おはようございます！」と元気にあいさつしてくるまで、沼田くんに声をかけることができなかった。クロスポの大学生や社会人チューター、冴子、それから真綾ちゃんと、長谷川。東京のどこかで過ごしている人たちがまだ夏の最中にいる一方で、僕の夏はこの雨の日の朝をもって終わってしまった。

＊

10月のはじめの週末、僕は渋谷で山手線に乗り換えて目黒《めぐろ》へ、それから南北線で白金台《しろかねだい》へ……と面倒な乗り換えを経て、汗をダラダラかきながら八芳園《はっぽうえん》に向かっていた。長谷川の結婚式だった。最高気温は30度近かったけど、僕はわざわざこの結婚式のために深いネイビーの分厚い生地のスーツを作っていたから、せっかくだし、と無理して着てきたのだった。

「やば、全員揃うの超久々じゃない？」

受付のあたりでは、早々にご祝儀の支払いを済ませたゼミの同期たちが集まって盛り上がっていた。同期が奇跡的に全員参加することになっていたが、それはひとえに長谷川の人望によるものだろう。先輩も後輩も男女も関係なく、長谷川は誰からも好かれる人間だった。そんな彼が、一体どんな相手と結婚するのかという点は飲み会のたびに大きな争点になってきた。

「……なんか、捕まっちゃった、って感じだね」

誰かが勇気を出してボソリとそう言うと、みんな気まずそうに黙って頷いて、それから共犯関係にある人たちにチラチラと目線を送って、そこでようやく下卑た笑いが音もなく広がった。つまり、慶應SFCの名門ゼミを卒業して日本のトップ飲料メーカーに勤める長谷川にとって、様々な有名大のインカレサークルに人員を送り込むために存在する植民地のような女子大を出て、どの程度儲かっているのか知らないが、少なくとも名前も聞いたことのない中小企業を経営する父親の手伝いをやっている真綾ちゃんは相応しい相手ではないんじゃないか――みんなは内心そう思っていたのだろう。

「な～に偉そうに上から目線で評論しちゃってるんですか。真綾ちゃんが素敵な人だって、皆さんも本人に会えば分かると思いま～す」

一番最後に来たくせに、陰湿な空気を敏感に察知して割り込んできたのは冴子だった。みんなは一瞬ギョっとしたような表情を見せたが、「冴子久しぶり～！」などとわざとらしく笑顔をつくってそれを隠した。誰もが冴子と話している間は僕のほうを見ることはなく、逆に僕と話している間は冴子から視線をそらした。聡明な皆さんは事前打ち合わせをするまでもなく、僕たちの扱いについて最適解を見つけたようだった。


「冴子も呼ぼうと思う」

相談ではなく確定事項の事前共有といった調子で僕に電話をかけてきたのは長谷川だった。

「うん、いいんじゃないかな。長谷川、冴子と仲良かったし」

平静を装ったというか、自然にそう口にしていた。僕はむしろ、僕への気遣いで冴子が呼ばれないほうが嫌だった。僕の結婚も離婚も、どちらも間違った判断だったと言われているような気がしたから。

「……それだけじゃない」と、長谷川は一瞬の間を置いて言った。最初はその間の意味合いが分からなかったが、それがある種の告白であったことを僕はすぐに知ることになった。

「真綾が呼びたがってる。あいつ、こっそり冴子と連絡先を交換して、色々と相談に乗ってもらってたらしい。俺もこの間まで知らされてなかったんだけど」

長谷川から電話でそのことを聞いた時、僕は「そんなことあるんだ」と素直に感情を漏らした。失敗した結婚生活について、それも生まれながらにして結婚に向いていなかった冴子に聞いても有益だとはとても思えなかったから、真綾ちゃんのあまりに非効率な甲斐甲斐しさに驚いてしまったのだった。

「そうだよな、真綾も何をこんなに必死になっちゃってんだろうとは思うけど。でもとにかく、異議がないようでよかったよ。テーブルは別にしておいたほうがいいよな？」

「いや、別にいいよ。周りに変に気を遣われるほうが嫌だから。冴子にも要確認だけど」

そんなやり取りの末、席次表には僕と冴子が同じテーブルどころか、堂々と隣り合わせの席に配置されていた。

「真綾ちゃんから席次について確認があったから『全然気にしないで！　何なら隣の席でもいいですよ！』って言ったんだけど、ほんとにこうなるとはね〜」

奇遇にも僕とそっくりな深いネイビーのドレスを着た冴子が、僕の隣でシャンパンを飲みながらしみじみと言う。そこには変な湿度や粘度はなく、ただただ真綾ちゃんの思い切った判断に対して拍手喝采するようだった。彼女の、他人に媚びたところのない低い声を僕は久しぶりに聞いたような気がする。彼女の容貌は、最後に会ったあの土曜の昼下がりの頃から全く変わっていなくて、チラリと確認してしまった左薬指には指輪がなかった。「なに心配してんだよ」と、その目線を察した彼女はゲラゲラと豪快に笑った。

「真綾ちゃんから、色々と相談を受けてたんだってね」と、僕は探るように冴子に聞いてみた。

「そうそう、離婚してすぐの頃ぐらいにFacebookのメッセンジャーに連絡があって、そこからＬＩＮＥも交換して。真綾ちゃん、ほんっとにいい子だね〜。長谷川は幸せ者だよ、あんな子にガチ恋粘着されてるんだから」

冴子が言うには、真綾ちゃんは傍から見ていて恥ずかしいくらいに長谷川のことを愛していたのだという。もちろんそこには、結婚相手として申し分ない条件に対する執着も少なからず含まれているのだとは思うが、しかし真綾ちゃんは長谷川の人柄に心の奥底から、それはもうどうしようもなく惹かれているんだそうだ。

「束縛メンヘラみたいな理由で結婚したいんです、だって。長谷川が他の誰かに触れられるのが許せない、一刻も早く自分だけのものにしておきたいって。そういう理由で結婚したら、やっぱり長くは続かないんですか？　っていうのがつまり、聞きたかったことみたい。たしかに、誰かさんとそっくりだよねぇ」

つまり長谷川は、僕たち元夫婦の結婚に至る異様な経緯を真綾ちゃんに語り、その結末の対処について意見を求めたつもりが、巡り巡って真綾ちゃんの本心を暴き、揺さぶる形になってしまったのだ。

「僕の失敗が真綾ちゃんのために生きたってわけか。僕たちの離婚も報われた感じがするね」

僕が、周りがハラハラする軽口を叩いたら、冴子はまた下品なくらい大声で笑って、それから「本当にそうだよね～」としみじみ呟いた。

「だから、私は真綾ちゃんのことを少しでも悪く言う人がいたら、断固徹底抗議します！　君には言ってないかもしれないけど、長谷川も長谷川で、真綾ちゃんのこと大好きだよ。傍から見たらみっともないくらいの真綾ちゃんの必死さが、長谷川を変えたんだと思う」

冴子は小声でそう言うと、前方の高砂《たかさご》に座っている真綾ちゃんに向けてシャンパングラスを掲げたかと思うと、グイっと一気に飲み干してしまった。それに気付いてか、長谷川の上司によるスピーチ中だというのに、真綾ちゃんは俯いて笑ったように見えた。

「必死さ、か」と僕は小さな声で呟いた。「僕も、みっともないくらいに必死なつもりだったけど、どうして真綾ちゃんはうまくいって、僕はうまくいかなかったんだろう?」

そう続けた僕に、冴子は真綾ちゃんのほうを見つめたまま、僕にしか聞こえない小さな声で言った。

「仕方ないよ。私たち二人とも、変われない人間同士だったんだから」

それきり僕は黙ってしまった。


僕がずっと見て見ぬフリをしていた答えがそこにはあった。

「僕は、何もしないと思います。焦って捜しに行くこともせず、次の日も同じ場所で座っているだけだと思いますよ。だって、被害者の側が加害者を追いかけなきゃならないだなんて、収支が赤字じゃないですか」

沼田くんのあの図々しい言葉はきっと、僕の言葉でもあったのだろう。誰かに迎合して得られる愛は、ありのままの自分のままで得られる愛よりも価値がないと、そんなズルいことを考えていた僕は、冴子のために変わることを絶対にしなかった。このままだと結婚が破綻する運命にあることを知っていながら、僕は僕のために、僕のままでいることを選んだ。彼女と向き合うことをやめてしまった。僕の必死さはむしろ、変わらないこと、そして被害者であり続けることに使われてしまった。

変われない人間として走り去っていった冴子と、変われない人間のまま立ち尽くし、それを恨めしそうに眺めていた僕。最初から無理のあった結婚が当然に破綻してゆくのを、僕たちはただ眺めることしかできなかった。

長谷川に対しても同じだったのだろう。僕が冴子に仕掛けたのと同じ企みを、僕はずっと彼に仕掛け続けていた。彼から存分に愛を吸い取り、彼が変わり始めたことを知りながら、それでも僕はそれをずっと同じ場所で見ていることしかしなかった。そうして今度は、「置いていかれた者の悲しみ」

みたいな被害者意識によって自らを慰めている。長谷川から離れていったのは、本当の意味では僕であるはずなのに。

　真綾ちゃんは違ったのだろう。おそらくは僕と同種のみっともない欲求が自分の中に存在し、かつそれを自分の手では変えられないことを認識した彼女は、罪悪感に押し潰されそうになりながら、しかしそれでも、愛する長谷川と一緒に生きてゆくために長谷川を変えることを決意した。彼女のエゴにまみれたその行為は、糾弾されるべきなのだろうか？


「僕は一体、これからどこへ行けばいいんでしょうねぇ」

　馬鹿げたシロクマツアーから帰ってきた日に言っていたのとまったく同じセリフを、脇谷くんが山中湖からの帰りの車で言っていたのを、僕はそのときふと思い出した。置き去りにされたことの悲しみと、自分への失望で僕たちの足はすくんでしまう。

「どこにも行かなくていいんじゃないですか？　前も言いましたが、脇谷くんは価値ある人間であることに固執しすぎです。やるべきことが見つかるか、それが向こうからやってくるまで、当面はのんびり過ごしましょうよ」

　日曜の夕暮れ。高速道路の渋滞につかまってジリジリとしか動かない車のハンドルを握りながら、沼田くんはチューターというよりも哲学者といった趣で説いていた。しかし脇谷くんはその教えに納得しなかったらしい。

「でも、そのままやるべきことも見つからずに、何もやらないまま死んじゃうかもしれないって恐怖に、沼田さんは耐えられるんですか？」

　正面を向いたままの沼田くんは、穏やかな口調ですぐにこう返した。

「だからヨシハラがいるんでしょう。いついなくなるかも知れませんが、のんびり猫でも撫でて、現実から目を逸らしていればいい。そうすれば、きっと永遠に待っていられるはずです」

あまりにも気の抜けたその解決策に対して、しかし脇谷くんは「確かに、Z世代は星占いやアロマキャンドルなどの身近でサステイナブルな幸せを大事にするって本に書いてあったな……」と一人で変に納得しているようだった。

雨のテラスで一人座っている沼田くんの後ろ姿。沼田くんはきっと本気で、さっき言ったとおりに生きるつもりなのだろう。彼は移り気な誰かや、あるいは世界そのものに振り回されて心をかき乱されることを病的に恐れている。しかしそれでいて、誰かや世界との接続を愛し、その接続を捨てることはできず、こうして避暑旅行にノコノコとついてきたり、落胆の中にある脇谷くんに、まるで彼が抱えている傷の痛みや治し方を知っているかのように、教えを差し出してやったりする。

世代は違えど、僕たちは同じような傷を負う。その傷が共通点となって、世代を超えた連帯みたいなものが生まれることもあるかもしれない。少なくとも、そのときの沼田くんは、僕よりもずっとチューターらしく見えた。

「……そういえば、ヨシハラのモデルになった沼田さんの友達って、一体どんな人なんですか？図々しい人だとは言ってたけど」

以前から気になっていたという脇谷くんのその質問に、無限に続くような前方の車列を見つめたままの沼田くんは「そうですねぇ」と一言挟んだきり、今度は数秒の間黙ってしまった。

「本当に図々しいやつでしたよ。自分にはみんなから愛される価値があると信じていて、図々しく愛されることを求めるくせに、それでいてみんなを置き去りにして走り去っていってしまうんだから」

へぇ、と脇谷くんは分かったような分からないような返事をして、それきりスマホをいじり始めてしまった。車内には、プルルル……というケージの中のヨシハラの珍妙な鼾《いびき》だけが聞こえていて、あとはみんな疲れや眠気のせいか黙ってしまった。僕はなぜだか、そのヨシハラこそが、沼田くんをこのようにした誰かであり、また彼がずっと待ち望んでいる誰かであるような気がした。

いつかのホームパーティと同じく、結婚式は粛々と進行していった。お色直し前のタイミングで新郎新婦が各テーブルをぐるりと回り、記念写真を撮りながら参列の感謝を述べたりする時間が始まって15分ほどしたところで白いタキシード姿の長谷川と、白いドレス姿の真綾ちゃんがゼミのテーブルにやってきた。「えー真綾ちゃんめっちゃ綺麗！」「長谷川にはもったいないんじゃない？」などと、さっきとは真逆の発言をいけしゃあしゃあと繰り出す同期たちに辟易しながらも、僕はじっと新郎新婦のことを見ていた。その目線に気付いたのか、長谷川が僕を見つめ返す。

世界に僕ら二人だけしかいないような錯覚。しかし、僕がよく知る長谷川はもうここにはいない。すっかり改造され、見た目だけが長谷川で、中身は長谷川ではない男がそこにいる。その隣には真綾ちゃんがいる。彼女がその改造の張本人だ。変われない自分のまま幸せになるために、長谷川の同意のもと彼をすっかり変えてしまった。

彼女が微笑みを向ける先には冴子がいる。その微笑みの本当の意味を知るのは冴子自身だけだろう。その冴子は、僕のもとを走り去り、永遠に自分自身を幸せにしながら生きるだろう。そして僕がいる。長谷川のように変わることもできず、真綾ちゃんのように他人を変えることもできず、冴子のように高潔でいることもできず、誰もいなくなった交差点にひとり立っている。きっと世界には、かつて誰かが行き交《か》ったこういう交差点がたくさんあるのだろう。椎名さんと篠崎くん、それから脇谷くんがいる交差点。沼田くんとヨシハラ、それから僕の知らないヨシハラがいる交差点。人生とは、次々と出くわす交差点をすり抜けて誰かを置き去りにしながら走ってゆく行為の連続なのかもしれない。

「今日は来てくれてありがとう。これからも変わらず、親友として俺たちを見守っててくれよ」

長谷川は僕の肩に右手を置いて、僕の目をじっと覗き込みながら、そう優しく言った。僕も彼の目を、じっと覗き込んだ。永遠のような2秒間のあとに、長谷川は次のテーブルに新しい笑顔を向けるために体の向きを変えた。僕はまだ立ち尽くしていた。僕の視線だけが彼の背中に、どうしても切れなかった糸みたいに、だらしなくしがみついていた。

第4話

令和5年

2023年4月、僕は「杉乃湯《すぎのゆ》の未来を考える会」にジョインした。

杉乃湯は高円寺《こうえんじ》にある老舗《しにせ》銭湯だが、最近はDJイベントを開催したり、ライフスタイルブランドとコラボしてオリジナルTシャツを売ったりと、カルチャー感度の高い若者たちの間で徐々に注目を浴びつつある存在だった。

「杉乃湯は1933年に曾祖父の乃木友保《のぎともやす》が創業し、今年で創業90年を迎えます。東京では1週間に1軒の銭湯が潰れているという逆風のタイミングではありますが、この歴史ある杉乃湯が無事に創業100年を迎え、そして今後200年、300年と続くよう、ぜひ若い皆さんの力を貸してください」

土曜日の朝、営業前の浴場にプラスチックの椅子を並べて「考える会」の決起集会が開かれた。杉乃湯の四代目オーナーである乃木寛人《ひろと》さんの言葉を、10名ほどの若者たちが目を輝かせながら聞いている。この「考える会」は、20代のクリエイターやエンジニアなんかが集まって、杉乃湯を盛り上げるためのイベントの企画やECサイトの運営をしたりするボランティア集団だった。去年の春に明治大学を卒業し、千駄ヶ谷《せんだがや》に本社を構えるPR会社に勤めている僕は、与えられた仕事を持ち前の器用さによって順調にこなし、社会人2年目にして早くも暇を持て余していた。特に銭湯が好きという訳でもなかったが、会社の同期の真鍋《まなべ》から「いい経験になるんじゃないか」と誘われて、「考える会」への参加を決めたのだった。

34歳の寛人さんは、附属小学校からエスカレーター式に進学した成蹊《せいけい》大学を卒業後、ベンチャー企業をいくつか渡り歩いたのち、2年前から若き当主として杉乃湯にジョイン。最初の頃は昔ながらの銭湯経営を行っていたようだが、半年ほど前から新しい改革やチャレンジをいくつも断行し、新規客を増やすことに成功していた。そんな経歴を聞くと、いかにも若き改革の旗手といった感じだが、彼はあくまでも長年続くファミリービジネスの正統な後継者だ。杉乃湯のそれなりに広い敷地も乃木家の所有だそうで、彼のそんな育ちの良さは、優しい垂れ目の福々しい顔や、常に柔和な語り口からもじんわりと滲《にじ》み出ていた。

「では、具体的な会の活動内容については、僕から説明しますね。考える会では、これまで寛人さんと僕の二人でやってきた活動を拡大しつつ、着手できていなかったオウンドメディアやインターンシップププログラムの立ち上げなども……」

杉乃湯のスタッフなのだろうか。寛人さんの隣に立っていた男が突如として割り込んできたかと思うと、今後の活動頻度や連絡手段などの説明をテキパキと進めていった。真っ白なリネンの開襟シャツを着たその男は、理路整然としたハキハキとした喋り方が印象的だ。隣で腕を組む寛人さんのいかにも安心したような表情を見るに、彼は寛人さんが全幅の信頼を置いている参謀のような存在なのかもしれない。

「ああ、すみません。自己紹介が遅れましたが、去年の年末から杉乃湯にジョインしている沼田と言います。よろしくお願いします」

男は両目を不器用に閉じたり開けたりしていたかと思うと、ソフトコンタクトを乱暴に取り出した。

「すみません、まだ不慣れで」と穏やかな口調で言ったきり黙ってしまい、指先でまるまったコンタクトを、充血した目でじっと眺めている……。しかし、その間も彼は場違いなほどに爽やかな笑顔を貼り付けていた。

＊

「いやぁ〜、今日も最高に気持ちいいなぁ〜。銭湯は色々行ったけど、杉乃湯が一番落ち着くよね。なんでだろう、やっぱり客層のせいかなぁ」

翌日の日曜日。昼過ぎから杉乃湯でやっていたマルシェイベントの手伝いを終えたあと、真鍋と僕は打ち上げに行く前にひとっ風呂浴びることにした。真鍋は「カルチャー感度の高い若者」の常として、町中華やナチュラルワイン、シティポップやY2Kファッションに至るまで、とにかくカルチャーの匂いのするものには片っ端から手を出していた。去年まで熱烈なサウナーだったはずの彼は、サウナブームがアーリーアダプターだけのものではなくなってきたタイミングで見切りをつけ、銭湯に鞍替えしたようだった。「高円寺住んでるのに杉乃湯知らないの⁉　マジで人生の半分損してるって」と、ここの存在を教えてくれたのも彼だった。

高円寺駅北口から7分ほど歩いた閑静《かんせい》な住宅街の中に杉乃湯はある。都内にはビルやマンションの1階に入っている銭湯も少なくないが、杉乃湯は神社仏閣を思わせる宮造りの木造平屋だ。白く塗装された高い天井には、湯気を抜くための天窓が取り付けられている。窓から差し込む光がピカピカに磨かれた床や壁の白いタイルを照らし、水面から立ち上る水蒸気の粒がぼんやりと発光している。

そんな美しい銭湯は、今日もほとんど満員だった。おそらくは近所に住んでいるであろう老人と、真鍋みたいなミーハー精神でわざわざ他の街からやってきた若者たちという対照的な人々。最近ではサウナ目的の若者ですし詰めになっている銭湯も多い中、杉乃湯にはサウナがない。お風呂も名物のミルク風呂（本当に牛乳が入っているわけではなく、ワセリンや鉱油を混ぜ込んだ入浴剤のせいで牛乳のように白く濁っている）と温度が低いぬる湯、それから水風呂があるだけだ。ただ、落ち着いた高齢客が静かにお風呂を楽しんでいる雰囲気は何物にも代えがたく、僕は週に2、3回はここに通っている。最近は、若者が増えたせいでやや騒々しい雰囲気になり、「昔の方が落ち着いたんだけどねぇ」と休憩スペースで愚痴を言い合う老人客たちの姿を、僕も何度か目撃していた。

口には出さなかったけれど、「考える会」にジョインしようと真鍋が言い出したのは、きっと僕らが共有していたある種の不安のせいだったんじゃないだろうかと考えている。賢い僕たちは、大学を出て社会人生活も2年目に入った頃にはもう、自分の未来には無限の可能性がある、みたいな青臭い考えを早々に捨てて、自分の人生に残された可能性の総量を、かなり正確に理解しつつあった。僕は明治、真鍋は立教出身だが、どちらも第一志望の広告代理店には落ちて、滑り止めだったいまのPR会社に入った。社会人1年目の間は、二人で飲んでいると自然と転職活動の話題が出ていたが、第二新卒で入れる会社にはロクなところがなかったし、今の会社で仕事を頑張ったところで得られる年収も、残せる功績も、先輩たちを見ていればだいたい予想がついた。かといって、僕たちは最近流行りのZ世代当事者のはずだが、世の中に対する怒りや社会活動への意欲が沸き起こることもなかった。

僕たちは不安だった。少なくとも大学までは悪くなかった人生が、就活での失敗を機に下降の一途を辿ることが、不安で仕方なかった。だからこそ「考える会」にジョインしたのだろう。ここでの活動を通じて、銭湯のマーケティングというニッチ市場で活躍して広告業界誌に出るとか、何かの偶然や誰かの助けが重なって寛人さんのように銭湯経営の道に進むとか、僕らの合理的な推論に基づく未来像を覆し、僕たちが本来持っていたはずの可能性に見合った未来を実現してくれるものを、とにかく探し回っていたのだ。

「おっ、『考える会』の連中じゃないか！　どうだ、クラフトビール奢ってやろうか」

お風呂上がりに番台にいた寛人さんと立ち話をしていたら、ちょうど唐沢《からさわ》さんが男湯の暖簾をくぐって出てきた。僕たちはその厚意に甘えることにして、真鍋と一緒に「ゴチになります！」と頭を下げた。高円寺生まれ高円寺育ち、御年67歳になるという唐沢さんは気さくな人で、杉乃湯に通い始めたばかりの頃から「おう！　前も会ったよな」なんて休憩スペースで話しかけてくれる。彼はいつでも昔のドラマでキムタクが着ていたような少し懐かしい感じのアメカジを着ていて、だいぶ薄くなった髪は白髪染めなのか茶髪にしていた。今日も例に漏れず、軽くダメージの入ったデニムに黒いTシャツ、上にはピンクと紫のチェックシャツを羽織っている。

「唐沢さんくらいですよ、クラフトビールを置くことを怒らないどころか、毎日のように飲んでくれるのは。支払い、いつも通り楽天ペイでいいですか？」

寛人さんの言葉に、おうと応じながら、唐沢さんは手慣れた様子で最新型の iPhone を決済端末にかざした。ピッ、と明るい電子音が鳴り、唐沢さんから僕たちによく冷えたクラフトビールの缶が手渡される。カラフルなデザインのこのクラフトビールは、なんと1缶７００円もする。青梅《おうめ》の老舗酒蔵の新商品だそうで、寛人さんはどこかの勉強会だか交流会だかで知り合ったそこの酒蔵の八代目に営業されるがままに仕入れたようだった。残念ながら、ほとんど売れていないようだったけど。

「ほんとヒロちゃんは偉いよなぁ。この電子マネーのおかげで財布も持たずに来られるようになったんだ。新しく覚えなきゃいけないことが多いって番台のババァスタッフたちがギャーギャー抵抗したのを、どうにかして導入したんだろ？　伝統産業だ、老舗だって変化を拒んでるようじゃ、未来はないよ。あと何年生きてるかも分かんない老人たちのことは無視して、どんどん新しいことをやってくれよ！　杉乃湯を五代目に引き継ぐためにもよ」

プルトップを引き起こしながら、唐沢さんはそう熱弁した。どうも彼は常連客たちの中でも飛びっきりの改革派らしく、その事実を誇るように、左手を腰に当ててクラフトビールをグビグビと飲んだ。寛人さんは、そんな唐沢さんに「気が早いですよ」と苦笑いしていた。

五代目——。寛人さんには学生結婚した同い年の奥さんがいるが、二人の間にはまだ子供はいなかった。三代目の文子《ふみこ》さん（つまり寛人さんのお母さんだ）はまだまだバリバリの現役だったし、「子供が生まれて、ベンチャー企業で成長を求めて深夜まで働くことと、育児にコミットすることの両立が不可能だと悟った」みたいな分かりやすいストーリーを持たない彼がなぜ実家に戻ってきたのかと言えば、「家業を、それも銭湯を継ぐってエモいじゃんって友達に言われた」からだと何かのインタビュー記事で読んだ。とにかく、寛人さんは杉乃湯の裏に二世帯住宅を建てて、そこに両親と妻と一緒に住み、家から徒歩15秒の杉乃湯で第二の人生をスタートしたのだった。

ただ、寛人さんが忙しく働いているのを僕は見たことがなかった。いつも昼過ぎに裏手のスタッフ控室にやってきて、前日の売り上げの数字を確認して、簡単な事務作業を済ませると、「今夜は、有名な地方創生プロデューサーと会食なんだ」とか言いながら嬉しそうに出かけてゆく。いったい、さっき唐沢さんが褒めていた電子マネー対応や、寛人さんが「僕が全部自分でやりました」みたいな顔であちこちのインタビューで語ってきた杉乃湯のチャレンジの数々は、誰が実現させたんだろうか？

「そういえば寛人さん、僕たち二人はオウンドメディアのチームに入ろうと思うんです。ＰＲ会社でクライアント企業のブランド価値向上に貢献する仕事をしているから、きっとそのスキルやナレッジはライティングのフィールドでも活きますよね。僕は編集長にも立候補するつもりです！」

アルコール度数の高いクラフトビールで気が大きくなったのか、真鍋は横文字マシマシでイキった報告を寛人さんにぶちかましていた。

「へぇ、いいね！　オウンドメディアは、以前、有名なクリエイティブ・ディレクターの人に勧められてからずっとやりたかったことだから、賛同してくれる人がいてくれて嬉しいなぁ。銭湯のオウンドメディアなんて聞いたことないから、きっと日本初の面白い試みになるよ」

寛人さんが優しく激励してくれて、僕たちはますます期待に胸を膨らませてしまった。その後の定例ミーティングでチーム決めをして、オウンドメディアチームには僕と真鍋を含め4人のスタッフが参加することになった。話し合いとジャンケンの結果、真鍋が無事に編集長に就任することが決まり、「みんなで力を合わせて、伝説に残るオウンドメディアを作り上げましょう！」と息巻いていた。

＊

その日を境に、考える会の活動は本格始動した。毎週土曜の午前中に行われる全体ミーティングのほかに、チームごとの自主的な打ち合わせも適宜行われていた。僕たちオウンドメディアチームは真鍋編集長の指揮のもと、高円寺のあちこちの飲み屋でブレストと称して飲み会をやったり、そこで出たアイデアをもとに各自が記事案を書いてシェアしたりと、活発に活動していた。

「ほんとに、僕なんかがトップバッターでいいの？　オウンドメディアを立ち上げようって沼田くんと話してたのも、別にうちのブランディングのためじゃなくて、銭湯業界全体を盛り上げる公共的なメディアが欲しいよね、って理由だったから」

5月のはじめの晴れの週末。取材現場となる営業前の浴場で、襟に「昭和八年創業　高円寺杉乃湯」と白抜きされた法被《はっぴ》を着た寛人さんは、恥ずかしそうに笑いながら言う。メモを片手に準備万端といった様子の真鍋は、まるで決めゼリフみたいに気取った口調で言い返す。

「もちろん、提灯記事にするつもりはありませんよ。僕は、寛人さんがこのオウンドメディアにつけてくれた『銭湯のミライ』という名前がすごく気に入ってるんです。銭湯の経営者や銭湯ライター、それから老若男女問わず常連たち……銭湯を取り巻く様々な人たちの声を拾い上げ、その集積の中から銭湯のミライを見出す──どうです、メディアとしてこれ以上ない完璧なストーリーでしょう?」

真鍋のものすごいドヤ顔には噴き出しそうになったが、たしかに彼の言う通り完璧なストーリーだと思った。寛人さんも同感のようで、「いいじゃん! 面白いね、ぜひそうしよう」と満足げだった。

真鍋:では、改めてですが……寛人さんのことを初めて知る人もいるでしょうから、自己紹介からお願いします。

寛人:乃木寛人です。ここ高円寺で90年続く老舗銭湯「杉乃湯」の四代目です。最近は、CSOという肩書きを名乗っています。

真鍋:CSOというのは、何なんですか?

寛人:Chief Storytelling Officer の略です。仲良くしてる組織コンサルの人から教えてもらった概念で、元々の意味はよく知らないんですが、僕はこれを、杉乃湯、いや銭湯という場の持つ本質的な価値をみんなに伝える役割だと解釈しています。

真鍋:では、寛人さんが考える「銭湯という場の持つ本質的な価値」とは、一体どんなものでしょう?

寛人:とても平等、つまり大変フラットな場所ですよね。偉い人も偉くない人も、強い人も強くない人も、銭湯に入ればみんな、ただの裸の入浴客。これまでの経験や社会的地位なんかのことはいったん忘れて、ただ清潔で気持ちのいいお湯に浸かって、スマホもいじらず、過去のことも未来のことも考えず、ボーッと時間を過ごす。銭湯があれば、極端な話、この世界から戦争をなくすことすらできると思うんです。
真鍋：戦争……？
寛人：はい、どんなに対立して嫌い合っている人でも、二人で銭湯に入ってのんびりと時間を過ごし、お風呂でとりとめのない会話を交わしているうちに、争うことなんて馬鹿らしいと思ってもらえるんじゃないかと、僕は本気でそう思ってるんです。だから、杉乃湯を通じて成し遂げたいことは何かと聞かれると、僕は毎回「世界平和です」って真面目に回答してるんです。どこのメディアも、その言葉を記事にしてくれないけど（笑）。

そこまではどうにか食らいついていた真鍋も、寛人さんのあまりにアクロバティックな論理展開に振り落とされてしまったのか、助けを求めるように僕のほうに不安げな視線を送ってきた。でも、僕としてもこの場をどう収拾していいものか分からない。浴場には気まずい沈黙が落ちた。

「……寛人さん、こちらを」

その時、一枚のＡ４用紙を差し出してきたのは沼田さんだった。さっきまで浴場の入り口に立って腕を組んで取材を黙って見守っていたが、この不思議な空気を見かねて助け舟を出しにきたらしい。寛人さんの手に渡ったコピー用紙を覗き込むと、予め真鍋が作っていた質問リストと、寛人さんが答えるべき内容がみっちりと印刷されていた。

「ああ、沼田くん、いつも悪いね。身内の取材だからと油断してたけど、僕はやっぱり口下手だなぁ。ＣＳＯ失格だよ」

素直に反省しているのだろう、寛人さんは申し訳なさそうに頭をポリポリと掻きながら、「ありがとね、いつも」と付け加えた。沼田さんは沼田さんで、いつもの爽やかな笑顔のまま、寛人さんに向かって小さく頷いた。カンニングペーパーのおかげで、取材は突如として円滑に進み始めた。

「しかし沼田さんは本当にすごいですね。マーケティングから現場のオペレーション改善まで、何でもできちゃうんだから！　やっぱり元パーソンズ新人賞は違うなぁ。杉乃湯がここ半年で新しい取り組みをいっぱい始めて、若い新規客が一気に増えたのも、全部沼田さんのおかげなんでしょ？」

1時間ほどで取材が終わったあと、奥さんと出かける予定があるという寛人さんを除くメンバーで駅前の沖縄料理屋さんで打ち上げをすることになった。真鍋は早速、沼田さんのファンになったらしい。過剰なまでに褒めちぎる真鍋に、沼田さんは爽やかな笑顔のまま謙遜してみせた。

「やめてくださいよ、照れるじゃないですか。手を動かしてるのは僕ですが、ああしたい、こうしたいを正しく決めてくれる寛人さんがいるからこそ、僕は変化を生み出せているんです。僕はむしろ、寛人さんに感謝してますよ。寛人さんのおかげで、僕はなりたい自分になれたんですから」

沼田さんが杉乃湯にジョインするまでの経緯は、決起集会の日の飲み会で真鍋が本人に尋ねていた。沼田さんは「去年の秋ごろ、職場でちょっとした環境の変化があって。それで僕は、ビックリするほど簡単に潰れてしまったんです」とだけ教えてくれた。いつも通りの爽やかな笑顔を維持したまま、平然と語るその様子にさすがの真鍋も絶句してしまい、それ以上何も聞けなかったようだ。ただ、理由はさておき、とにかく沼田さんは去年の11月にパーソンズエージェントをやめて、入居していたシェアハウスからも出ないといけなくなったらしい。その後、彼は高円寺のはずれの風呂なしアパートの一室に住んで、杉乃湯と寛人さんのために甲斐甲斐しく奉仕する生活を始めたようだった。

マルシェイベントの誘致も、ECサイトの立ち上げも、DJイベントのブッキングも、クラフトビールの販売も、電子マネー対応も、どれもCSOであるところの寛人さんが「面白いんじゃないかな」と思い付きを軽々しく口にしたものを、沼田さんが一つ一つ丁寧に拾い上げて形にしていったということだった。考える会が立ち上がったあとも、回っていない業務があれば進んで巻き取ったりと、彼は滅茶苦茶に働いていた。僕たちが運用するオウンドメディアだって、沼田さんから「コストや自由度を色々と比較しましたが、note の法人プランが一番よさそうでしたよ。寛人さんの許可も得ているので、僕の方で申し込み手続きを進めておきます」と、完璧にお膳立てしてもらっていたのだった。

しかし、そんな日々の中で沼田さんは辛そうにしているかというと、彼の顔にはむしろ、いつだって笑みが浮かんでいた。どこか人工的な雰囲気すら感じる、あの笑顔。

その奥に、僕は不穏な陰を感じることが何度かあった。例えば、こんな事件があった。土曜日の昼さがりに僕と真鍋が休憩スペースで風呂上がりのクラフトビールを楽しんでいたら、ラッパーみたいな男が訪ねてきたのだ。

「寛人くん、いる？　今日アポ取ってたというか、呼び出されたんだけど」

男はグッチのバケットハットからパーマのかかったロン毛をだらりと覗かせ、首にはぶっといゴールドのチェーンをかけている。おそらく僕と同い年くらいの男の馴れ馴れしいタメ口に、番台バイトのおばちゃんは困惑してしまっていたから、僕と真鍋は顔を見合わせて立ち上がった。まずは真鍋が、探りを入れるようにおずおずと話しかける。

「すみません、どなたですか？　寛人さんは、えっと、インフルエンサー事務所の人とランチ会食に出ていて、まだ戻ってませんけど」

「はぁ？　何だよアイツ。13時に来いって呼びつけられたから、こっちは青梅からわざわざ出てきたってのに！　誰か代わりに話せるやつ連れてこいよ」

　彼はラッパーでもなんでもなく、寛人さんがクラフトビールを仕入れている、あの青梅の酒蔵の跡取り息子らしい。乱暴な口ぶりではあったが、彼が見せてくれたＬＩＮＥのトーク画面によると、たしかに寛人さんからビールの仕入れの件で約束をとりつけていた。もちろん寛人さんからは何の連絡も入っておらず、僕たちは正当な怒りに燃えるラッパーと対決できるだけの力を持った人を求めて、スタッフ控室に飛んで行った。

「あれ、どうしたんです。そんなに慌てて」

　天の救いだと思った。沼田さんがパソコンを開いて作業をしていたのだ。真鍋は沼田さんの肩に飛びかかると、「とにかく番台に来てください！」と絶叫した。彼ならこの難局もやすやすと乗り越えられるに違いない——僕たちはそう確信して、安心しきっていた。

「……は？　今、何つった？」

「ですから、僕には何も決められません。決められないんです。悪いですけど。寛人さんが戻ってくるまで待ってもらうか、明日にでも出直してきてもらえませんか？」

　一向に埒《らち》の明かない押し問答だった。沼田さんは、どれだけラッパーに問い詰められても、まるで壊れたおもちゃみたいに、決められない、決められないと繰り返すだけだった。ラッパーは「頭沸いてんじゃねえのかっ⁉」と、怒りを通り越して呆れて帰っていった。

「すごい！　沼田さんの高等戦術の勝利ですよ。決裁権のない人間のフリをして、ラッパーを見事に追い返しましたね」

　真鍋はそう興奮していたが、ラッパーとの対決はどういうわけか予想以上に負荷が大きかったようで、沼田さんは笑顔をピクピクと引き攣《ひ　つ》らせながら、「ごめんなさい、そうじゃないんです。ごめんなさい……」と、これまた壊れたおもちゃのように小さな声で繰り返していた。僕も真鍋もこの異様な事態にどう対処していいものかと戸惑い、沼田さんの姿をただ眺めていることしかできなかった。

その翌週、仕事終わりに僕は杉乃湯を一人で訪れた。さっさと頭と体を洗い、先客の老人たちに紛れて湯に浸かる。そのとき、脱衣所の方から歩いてきたのは沼田さんだった。僕の存在には気付いていないようで、彼は無表情のまま洗い場の椅子に座り、頭を洗い始めた。ぼんやりと眺めていると、水圧の弱いシャワーでシャンプーを流し終わった沼田さんは突然、鏡に向かって笑いかけた。まるで、いつもの「笑顔」を練習するかのように——僕は見てはいけないものを見てしまったような気がして、沼田さんに気付かれないよう、死角になっている反対側の洗い場を通って脱衣所へと逃れた。

「それで僕は、ビックリするほど簡単に潰れてしまったんです」

沼田さんの声が耳元で蘇える。

彼がいったいどんな理由で、どんなふうに潰れて、その結果彼の心はどんな形に変わってしまったのだろう？　有り余る能力をＣＳＯとやらのお守りのために進んで投じるという、病的なほどの献身を続ける彼の以前の姿は、一体どんなものだったんだろう？

「寛人さんのおかげで、僕はなりたい自分になれたんですから」

そして、そんな沼田さんが、鏡の前で練習した作り物の笑顔を貼り付けてまでも、寛人さんとの関係の中で実現したかった「なりたい自分」とは、一体どんな自分だったのだろう？　寛人さんと沼田さん。一見うつくしく成立しているようで、どこか歪《いびつ》さをその奥に隠し持った二人の関係に、僕はどうしようもなく興味を惹かれてしまうのだった。

＊

「今、江戸川区《えどがわ》が熱い！」と、ウキウキした口調で僕に告げたのは真鍋だった。

「イースト東京とか言って、清澄白河のカフェや蔵前《くらまえ》の革小物屋さんをありがたがるのはもう古いよ。真のトレンドは荒川の向こうにあるんだ。要チェックの銭湯もあるから、オウンドメディアのネタ探しにもなるはずだよ。一緒に行かない？」

親友からそう自信満々に煽《あお》られたら、荒川を越えないわけにはいかないだろう。僕は土曜日の昼から東西線直通の総武線に乗り込み、40分かけて西葛西《にしかさい》駅へ向かった。


その日の行程については「着いてからのお楽しみ」とのことで事前に教えてもらえていなかったが、13時に西葛西駅で真鍋と合流して、最初に連れて行かれたのは銭湯ではなく、海沿いの巨大なゴルフの打ちっぱなし場だった。

「ここ、ずっと来たかったんだよね。都内じゃ一番デカくて開放感があるし。結構インスタにあげてるやつ多いしさ。ほら、ちょっと動画撮ってよ」

真鍋は僕にスマホを預けると、素人目にもあまり上手ではないスイングで、ゴルフボールを思いっきり右のほうに吹っ飛ばした。来月には初ラウンドを控えているらしいが、この様子ではどんなにひどいスコアを叩き出すか分からない。

「しかしどうして、急にゴルフなんか始めたの？　ゴルフなんておじさんのスポーツかと思ってたけど」

「リバイバルってやつだよ、リバイバル。本当にいいものは結局、トレンドが一周して戻ってくるんだよ。ほら、町中華とかシティポップとかもそうじゃない？　クラフトビールだって、つまりはバブルの頃に流行った地ビールの再来らしいし」

彼は、過去に正しいとされたものには普遍的な価値があるのだと信じているのだろう。もしかするとそこには、まだ価値の定まっていないものを自分で探し出すよりも、過去に正しいと検証されたものを拾い上げてくるほうが楽だという怠惰が潜んでいるのかもしれない——僕はそんな意地悪なことを考えてしまった。

「しかし、この間の寛人さんのインタビュー、ほんとに訳分かんなかったな～。なんだよ、世界平和って！　寛人さんがジョインしてからの杉乃湯、迷走しすぎってあちこちの銭湯関係者から言われてるっぽいけど、あのインタビューで分かった気がするよ。CSOの馬鹿な思い付きを全部真に受けて、完璧に実現しちゃう人が現れちゃったせいなんだ。可哀そうだけど、あれじゃ寛人さんは裸の王様だよ。杉乃湯は、あの今にも死にそうなジジババたちが静かにお湯に浸かってるチルっぽさが魅力なんだから、マルシェやDJイベントで奇を衒《てら》うんじゃなくて、昔ながらの銭湯として正々堂々と勝負すればいいのに！」

確かに真鍋の言うとおりかもしれない。何ちゃらディレクターや何ちゃらプロデューサーに言われるがままの寛人さんと、その妥当性を一切疑わず、言われた通りに手を動かしてしまう沼田さん。この良くも悪くも嚙み合ったコンビによって、かつての杉乃湯は失われつつある。

「文子ちゃんも、いい加減ヒロちゃんにビシッと言ったら？　クラフトビールだかなんだか知らないけど、あんなもん唐沢さんしか飲まないし、杉乃湯の歴史を汚してんじゃないの？」

「そうよ！　唐沢さんは似合わないアメカジなんか着ちゃって、若者ぶるのが好きなのかもしれないけど、みんなそうってわけじゃないのよ？　どうせ老い先短いんだから、せめて私たちが生きてる間くらいは昔のままの杉乃湯でいてよぉ」

　番台で頬杖をつく文子さんに老いた常連客たちが陳情をしているのを、僕も何度か見たことがあった。文子さんはそのたびに「はいはい、もう私はこの銭湯のことは寛人に任せてるから」と、ひどくウンザリした様子で言うだけだった。

　どうも、老人たちの間でも小さな対立が起きつつあるらしい。そして、同じような対立は、僕たち若者の間でも起きつつあった。

「サウナがないからこその杉乃湯の落ち着いた雰囲気は特別だよね」

「地域に根差した老舗銭湯の良質なコミュニティは、今後も大切にしていくべきだと思う」

「うんうん、２０１０年代は『変わらないことが最大のリスク』だとかって変化を煽るような風潮があったけど、これからは変わらないことが価値を生む時代なんじゃないかな」

　会が立ち上がった当初は寛人さんに流される形で新しいことをやりたがっていたみんなも、それぞれが銭湯について深く考える中で「やっぱり昔ながらの銭湯の価値を大切にしよう」という声を徐々にあげるようになってきた。そして、その急先鋒は真鍋だった。

「やっぱり、銭湯は文化なんだから、若者やメディアに迎合してるようじゃダメなんだ。寛人さんには、歴史ある銭湯の四代目としての自覚をちゃんと持ってほしいもんだよね。ちなみに、これから行く喜楽湯《きらくゆ》は『湯狂老人卍《とうきょうろうじんまんじ》』がブログで絶賛してた超クラシック派だから、きっと感動すると思うよ」

「湯狂老人卍」とは真鍋が信奉している有名銭湯ブロガーだ。無駄にちりばめられた下ネタと、ほとんど風俗レビューみたいな文体が特徴で、一部の銭湯好きからの熱狂的な人気を誇っている。顔や年齢は非公開だが、「小生」という一人称や「趣味は立ち食いそば屋とＡＶ女優のサイン会巡り」と書くあたり、面倒な老人であることが容易に推測された。

　打ちっぱなし場から15分ほど歩くと、喜楽湯に到着した。杉乃湯と同時期に創業した老舗銭湯で、サウナのないこの銭湯の売りは、有機物が色々と溶け込んだ「黒湯」と呼ばれる天然温泉だという。

「へぇ、相当濃い黒湯だ。大田区《おおた》あたりの銭湯ではこの手のお湯が多いけど、こっちでも湧くんだね。『湯狂老人卍』はやっぱり信頼できるよ。官能的にまとわりつく湯の柔らかさも素晴らしいし、地域のご老人たちが静かに修行のように湯に浸かっているところも……やっぱり、銭湯はこう、ストイックでクラシックな場じゃなくっちゃね」

　10センチ先も見えないほど真っ黒いお湯を両手ですくいながら、真鍋は感嘆の声を漏らしている。たしかに、浴場にいるのは老人ばかりだった。みな目を閉じて顔を伏せ、修行というより何かの刑罰を受けているかのようだ。そこには生気がまるで感じられなかった。

　窓のない薄暗い浴室は、清掃が行き届いていないのか床はヌルヌルしていたし、洗い場の排水口には、使い捨て歯ブラシか何かの白いビニール袋の破片がいくつも溜まっていた。よく見れば、黒湯の水面にも髪の毛やフケらしきゴミがポツポツと浮かんでいる。急に自分がとてつもなく不潔な場所にいる気がして、僕は今すぐここから立ち去りたい衝動に駆られた。ふと真鍋のほうを見ると、ついさっきまでの賞賛はどこへやら、彼自身もいかにも微妙そうな顔をしていたから、僕たちは早々に風呂から上がることにした。

　帰り際にカウンターで暇そうにしていた男性スタッフに「すみません、高円寺の杉乃湯の関係者なんですけど」と声をかけてみる。年齢は寛人さんと同じくらいだろうが、小太りの体形や開ききった毛穴、薄くなりつつある頭髪なんかのせいで、ずっと老けて見えた。

「ああ、杉乃湯さんね。なんか最近、迷子になってるらしいじゃん！　銭湯なんか、どうせ儲かんないんだからさ、みっともなく足掻《あが》くのはやめて、うちみたいにマンションにしちゃえばいいのよ！」

宮木《みやき》と名乗った喜楽湯の四代目オーナーは、楽しそうな引き笑いを交えながら、とんでもない事実をサラリと伝えてきた。

「えっ、喜楽湯さん、廃業しちゃうんですか？」

「うん。腎臓やって入院してる親父がガタガタ言ってるけど、それがくたばったら売るってことで業者と話を進めてる。だから、この銭湯は持ってあと1、2年かなぁ。そうなれば、僕は不労所得でキャバクラ通い放題ってわけよ！　羨ましいでしょ」

宮木さんの弾んだ口調に真鍋は絶句しつつも「そんな……この銭湯は、まさしく銭湯文化遺産なのに。もったいないですよ！」とせめてもの反論を絞り出した。すると、宮木さんは突如として不機嫌な顔になった。

「文化だなんて、こっちの知ったことじゃないよ。ほら、飲食店でもさ、潰れるって分かった途端に『大好きだったのに、もったいないです！』とかって、これまで全然来てなかった客が大挙して押しかけてくるって言うでしょ？　外野はいつだって無責任だよ。こっちは生業としてやってんだから、ゴチャゴチャ口を出すもんじゃないよ！」

宮木さんは早くも半ギレくらいの域に達していたから、僕たちは彼が沸点を突破しないうちに、そそくさと立ち去ることにした。

時刻はまだ17時前だったし、「なんか、このままだと気持ちよく帰れないよ」と真鍋が言い出して、僕たちは喜楽湯のすぐ近くにある「花田湯《はなだゆ》」にハシゴすることにした。

花田湯は、喜楽湯とは正反対の銭湯と言えるだろう。元アパレル系の若い三代目が継いでからというもの、クラウドファンディングで資金を集め、オシャレなカフェの設計なんかをしている若手建築家と組んで、70年の歴史のある銭湯をすっかり改装してしまったのだという。寛人さんと沼田さんが今後も杉乃湯を変え続けるとすれば、最終的には花田湯のようになるかもしれない。もちろん、「湯狂老人卍」からの花田湯の評価は最低ランクだった。

コンクリート打ちっぱなし風のエントランスをくぐれば、番台の隣にはクラフトビールのタップがいくつも並び、その向かいには本格的な機材を備えたDJブースまであった。「週末の夜になると、ブロックパーティをやるらしい」と真鍋は興奮していたが、彼自身もブロックパーティとは何なのかよく分かっていなかった。極端に照明を落とした薄暗い浴場では、浴槽の底に設置された緑やピンクのライトがゆらゆらと揺れ、趣味の悪いクラブみたいだった。ロウリュも可能なこだわりのサウナにキンキンに冷えた水風呂、あちこちに置かれたインフィニティチェアなど、明らかに若者サウナー向けの設備が導入されているせいか、お客さんは大学生や若手社会人とおぼしき人ばかりだった。「いやー、ここで整わないやつはサウナー引退した方がいいっしょ！」とかならまだしも、「マッチングアプリの女に性病うつされてさ！」とゲラゲラ笑い合う彼らには辟易《へきえき》とさせられた。昔ながらの銭湯だと勘違いしてうっかり来てしまったのだろうか、哀れなおじいちゃん客は、彼らのほうを恨めしそうに一瞥してからスゴスゴと立ち去ってしまった。

「なんか、何が正解なのか分かんなくなってきたな。昔はいろんな銭湯があった方がいいなとか思ってたし、銭湯が潰れても『まぁ他行けばいっか』ってなってたけど、いざ銭湯経営の内側が見えるようになると難しいね。喜楽湯みたいに昔のままのスタイルを続けてもお客さんは減る一方だし、かといって花田湯みたいに若者向けに切り替えるのは、生き残れるかもだけど銭湯文化の維持みたいな観点からすれば正しいのか分かんないし。寛人さんの迷走も、こうやって悩んだ結果だったのかなぁ」

僕たちは花田湯でより深まったモヤモヤを持て余し、コンビニで買った缶ビールを飲みながら風呂上がりの散歩をしていた。時刻は19時過ぎで、日はほとんど暮れていた。目的もなく西へ西へと歩き、気付くと荒川をまたぐ橋を渡っていた。梅雨入り前の、まだサラリとしている風が、石鹸のにおいのする僕らの肌を撫でた。

「あれ、豊洲《とよす》じゃない？　ほら、あの光の塊。タワマンの街にも銭湯はあるのかなぁ」

依然として沈んだ空気をまといながら先を歩く真鍋をよそに、僕は川の向こうを指さして呑気に言った。「豊洲か」と真鍋は呟くと、突然僕の方に向き直った。

「そう言えば、豊洲2号店の噂を聞いたんだ。何か知らない？」

「知らないも何も……2号店って、何の2号店？」

「そりゃ、杉乃湯に決まってんだろ。今度新しくできるファミリー向けの大型商業施設に、杉乃湯が2号店を出すって噂が銭湯ファンたちの間で出回ってるんだ」

＊

去年に続いて今年も空梅雨《からつゆ》だったが、その日は珍しく朝から弱い雨が降っていた。久々に一人で過ごす週末だった。真鍋は担当クライアントのイベント立ち会いで休日出勤だったし、大学時代の友人から飲みの誘いはあったけど、たまにはのんびりするのも悪くないだろうと思ったのだ。それで家の大掃除をしたり、読書をしたりしたものの、16時にはやることがなくなって、結局僕はわざわざ傘をさして、いつものように杉乃湯にやってきてしまった。

「おっ、珍しいね。今日は真鍋くんと一緒じゃないの？」

洗い場で声をかけてきたのは、ちょうど頭を洗い終わったらしい寛人さんだった。隣には沼田さんもいる。「今日は沼田くんと二人で出かける用事があったから、帰りにひとっ風呂浴びようって話になってさ」とのことだった。僕も急いで頭や体を洗って、二人が先に入っていたミルク風呂にお邪魔することにした。水面に浮かぶいくつもの顔を眺めてみれば、今日も杉乃湯のお客さんは、老人と若者にクッキリと二分されている。寛人さん肝いりのクラフトビールは老人常連客たちには不評だったが、週末にわざわざ下北沢《しもきたざわ》や学芸大学といったオシャレな街から来る若者たちには好評のようで、それなりに売れているという話だった。

「そういえば、西葛西の喜楽湯さん、近いうちに廃業するそうですよ。マンションにするって」と、僕は寛人さんの顔色を窺いながら言った。

「そうらしいね。最近は新規客の獲得に苦しんで、売り上げも落ちる一方だって、オーナーの宮木さんが言ってたからなぁ。素晴らしい銭湯なんだけど」

寛人さんは心底もったいないといった口調だった。幸いにも、まっすぐな性格の彼は僕の企みにまだ気付いていないらしい。沼田さんは例の爽やかな笑顔を浮かべたまま黙っていたから、僕はここ数日ずっと聞きたかった質問を寛人さんに浴びせることにした。

「やっぱり、杉乃湯も変わらないとダメだと思いますか？　常連さんや、考える会のメンバーたちの中でも、昔ながらの銭湯がいい、変わらないことに価値があるって意見はあるようですけど」

これは間違いなく、寛人さんにとっては嬉しくない話であるに違いない。でも僕には、彼が適当な言葉で躱《かわ》したりはしないだろうという確信があった。寛人さんはきっと、ここでは嘘をつかない。だって今僕らがいるのは、戦争すらもなくしてしまう、とても平等、つまり大変フラットな、魔法のような場所なのだから。

「難しい質問だね」寛人さんは少し悩む素振りを見せた。僕の問いに真摯《しんし》に向き合ってくれている証拠だろう。沼田さんは、相変わらずニコニコと、誰に向けるでもなく笑っていた。暫しの沈黙を破って、寛人さんが口を開く。よし、ここでようやく、これまでの寛人さんの迷走の歴史の真相が明らかになる——はずだった。

「実際のところ、どうしていいのか、まだ分からないんだ。それで、とにかく勉強会やパーティに出て、人脈を広げて、色んな人から貰ったアドバイスを、ひとつひとつ試してるって感じかな？『あいつは迷走してる』とか言われてるんだろうな〜とは思ってたけど、やっぱりそうなんだねぇ。そうだ！　逆に、これから杉乃湯はどうしたらいいと思う？　参考にしたいから、ぜひ聞かせてよ！」

体から、力がスルスルと抜けてゆく。きっと本気で、僕から新鮮なアドバイスを貰おうとしている寛人さんは、目をキラキラさせていた。失望を隠そうともしない僕を見かねて、それまで黙っていた沼田さんが、笑みを顔に貼り付けたまま、いつかのように寛人さんのフォローに入った。

「今のを聞いて、こう思ったんじゃないですか？　この人は不真面目な人だ。何も考えていなくて、他人の意見に流されて、それで起きたことは他人のせいにして、そうやって自分の心を守ってるんじゃないかって」

とんでもなく鋭利な言葉を突然吐き出すものだから、僕は驚いて沼田さんをじっと見てしまった。寛人さんは多少なりともショックを受けてるんじゃないかと思ったが、いつもの自然な笑顔を浮かべたままだった。沼田さんは、諭《さと》すようにゆったりと言葉を続ける。

「違うんです。この人はまっすぐに愛されて、幸いにもこれまで潰されることを免れてきた、優しい人なんです。何が正解とか、誰を優先して誰を切り捨てるとか、そういうことを決めることが、どうしてもできない人なんです。だから、彼が言うことはいつだって優しくて、でも実現したいのは困難なことばかり。それをどうにか実現させるのが僕の仕事であり、生きがいなんです」

彼の目線は、誰にも向いていない。彼は僕にではなく他の誰かか、あるいは自分自身に向けて話しかけているようにも見えた。

「それに、『変わらないでくれ』だなんていうのは、あまりに無責任だと思いますよ。大学時代の知り合いで、若者を食い物にするようなビジネスをやっていたヤツがいましたけど、最後は悪事が露見したようで、今となってはどこで何をしているかも分かりませんし、連絡もつきません。もし誰かが彼を引き止めて、変えてあげていれば、違う結果になっていたかもしれない……」

沼田さんの言葉は、まるで個人的な思い出話のようで、僕の疑問にまっすぐ答えたものではなかった。でもそこには不思議な説得力があり、僕はそれ以上の質問を投げかけることを諦めてしまった。

僕らはそのまま、三人仲良く並んで黙ってお湯に浸かることを選んだ。

沼田さんは、寛人さんの場当たり的な性格をよく理解したうえで、彼に寄り添っている。むしろそんな寛人さんだからこそ、彼は「潰れてしまった」あとに残った人生を捧げる相手として狙い定めたのかもしれない。沼田さんの過去のどこかに、その原因が潜んでいるのだろうか？　しかし僕は、最後までそれを聞き出すことができなかった。


お風呂を上がり、外に出る頃には雨がやんでいた。薄曇りだが、その向こうの日はまだ沈んでいないようで、杉乃湯の前の路地はぼんやりと明るかった。雨に濡れた路地を取り巻く家々からは、くぐもったテレビの音とか、何かを油で揚げるプチプチジュワジュワという音とか、あるいは電話の一方的な話し声とか、顔の見えない人々がそこに確かに暮らしていることを示す、微かな音が色々と聞こえてくる。

彼らは、一体どんな気持ちで暮らしているのだろう？　と、僕はふと考える。若い僕たちは、銭湯ひとつ取ってもみっともなく悩み、惑い、走り回っている。僕たちもいつか、その終わりがないようにすら見える迷いや惑いの循環から脱し、心安らかに暮らすことができるのだろうか？　その迷走が若さというものなのだとしたら、僕たちはいつそれを捨てることが、あるいは喪《うしな》うことができるだろうか？　その後の暮らしは、本当にただ心安らかなものなのだろうか？　気付けば、僕は立ち止まってしまっていた。しかし、動き出そう、と思った途端、足は驚くほどスムーズに動き出し、僕はそのことに不思議な安心感を覚えながら家へと歩き始めた。

＊

《入口でうら若き乙女たちが集まってキャッキャと野菜を売っている。マルシェと言うらしい。ここは神聖なる銭湯ぞ？　女子供が和やかに野菜を売るような生半可な場所ではあるまい。小生の股ぐらには、既に立派なナスがぶら下がってるというのに……》
《風呂上がりは冷たいものが飲みたくなる。露にまみれ、ぬらぬらと光る缶をズズゥ！　と吸い込んで、小生は激ムセ。な、なんだこりゃ～！　クラフトビールと言うらしい。苦いだけで飲めたもんじゃない。男は黙ってサッポロビール！》
7月に入ったばかりの頃、「湯狂老人卍」のブログがかつてないほどバズった。標的とされていたのは、他ならぬ杉乃湯だ。「湯狂老人卍」は、普段は江戸川区や墨田《すみだ》区を中心に活動しているのだが、寛人さんの改革路線の噂を聞きつけてか、はるばる高円寺まで遠征に来たらしい。昔ながらの銭湯を愛する彼は、杉乃湯がこんな洒落《しゃら》臭《くさ》い銭湯に生まれ変わろうとしていることが許せなかったに違いない。記事はいつものように、《ぜひ杉乃湯の皆さんと銭湯の未来について話し合う機会を持たせていただきたい》と公開討論の打診で締めくくられていた。腹立たしい銭湯を徹底的に打ちのめすための、彼の常套手段らしい。

《同感。最近はあんまり銭湯行ってないけど、やっぱり昔のままがいいよね》

《昨今の社会情勢とも通ずるところがあるのではないでしょうか？　ＤＸだとか何とか言って、老人を平気で置き去りにする風潮には、もうウンザリです。これからは脱成長の時代であって、皆で等しく貧しくなるべき》

最初は独特の文体を面白がっている人が多いのかと思っていたが、コメントを見る限りだとそれだけでもないらしい。それなりに多くの人が銭湯に変化を望んでいないのだという事実を、「湯狂老人卍」のブログは炙《あぶ》り出していたのだった。

一方で寛人さんはと言えば、そんな世間の声にまだ無頓着でいるようだった。

「クラフトビール風呂ってどうかな？　この間、例の青梅の酒蔵の八代目と朝まで飲んで語らった結果、廃棄予定の試作用ビールと、製造過程で出る大麦やホップの搾《しぼ》りかすを提供してくれることになってさ。これを機にクラフトビールを身近に感じてもらって、高齢のお客さんにも風呂上がりの定番飲料として定着させられないかなと思って」

定例ミーティングで、寛人さんが意気揚々と語った案は、いつだったか唐沢さんが口にした思い付きそのままだった。他人の思い付きをそのまま突き進むのも、ここまで来ると痛快ですらある。会員たちの多くは内心「またか」とぎこちなく笑っていて、中には露骨に首を傾げている人もいた。クラフトビール風呂なる奇策を目にした常連客たちの反応も、きっとこれと似たようなものだろう。

そんな様子の寛人さんだったが、あのブログにまつわる騒動のことは認識しているらしい。

「あのブログ、僕も読んだよ。もちろん腹は立ったけど、彼の考えには、みんなもそれなりに共感するところがあったんじゃないかな？　僕は彼のおかげで目が覚めたような思いがしたんだ。どうだろう、湯狂老人卍さんを呼んで、常連さんやみんなと一緒に話し合わない？　その様子を記事にして、銭湯のミライがどうあるべきなのか、世に問おうよ」

寛人さんがどういうつもりでそんなリスクにまみれた提案をしてきたのか、僕はまったく真意が読めなかった。温和な性格の彼のことだから、みんなの目の前で腹立たしい匿名銭湯ブロガーをボコボコにしてやりたいということでもないだろう。むしろ、あの品性を欠くブロガーから本気でアドバイスを貰いたいと素直に思っているんじゃないだろうか？


「文子さんは、豊洲2号店を任せるためのトレーニングだと割り切って、寛人さんの奇行を放置してるのかもね。ほら、文子さんが1号店で赤字を垂れ流しながら昔ながらの銭湯を守って、寛人さんが2号店で若者から金を巻き上げるんだったら、そのお金で1号店と銭湯文化を守れるわけじゃん。さすがの老練だよ！　寛人さんの厄介払いにもなるし」

テーブルの向かいに座る真鍋が、いやに太いうどんをクチャクチャ嚙みながら話しかけてくる。僕たちは夕方からの定例ミーティングの前の腹ごしらえに、真鍋が行きつけだという高円寺駅南口の武蔵野うどんのお店を訪れていた。愛知生まれの僕は初めて食べたのだが、武蔵野うどんは東京西部の名物で、ムチムチした食感とコシが特徴なのだそうだ。

「でも、二店舗も並行で銭湯を経営する余力が、今の乃木家にあるのかなぁ？　ほら、銭湯の初期投資は相当な額になるって、以前にブログで読んだじゃん」

僕の指摘に、真鍋は「うーん」と唸りながら考え込んでしまった。いつだったか「杉乃湯での経験を活かして、将来俺たち二人で銭湯やろうよ！」と酔ったテンションで話し合ったことがある。手始めにスマホで検索をしたところ、二人とも同じネット記事に辿り着いた。「猿でも分かる銭湯の始め方」と題されたその記事には、必要な手続きや費用について詳細に書かれていた。サウナや水風呂のチラーなど、設備にこだわり始めると費用は青天井のようで、ブログの末尾は《このご時世に、こんな儲からないビジネスを始めようとするのは馬鹿です。でも、そんな愛すべき馬鹿たちがいたからこそ、この国の銭湯文化は維持されてきたのです。花田湯や杉乃湯など、意識高い系銭湯とか言ってイキってる若手銭湯経営者は、よく感謝し反省するように。※杉乃湯の哀れな近況については、コチラの記事をご参照ください》と結ばれていた。しっかりと杉乃湯ディス記事のリンクまで貼っているその記事を書いた主は、他ならぬ「湯狂老人卍」だった。彼はどうやら銭湯ファンという域を超えて、プロ並みの知識を持っているらしい。事実、彼は「湯狂老人卍の銭湯哲学堂」なるオンラインサロンを数年前から運営していて、銭湯経営者や銭湯ライターなど、本職の人たちを集めているそうだ。

「まぁ、銀行から借り入れるとか、やり方は色々あるんじゃない？　最近も、どっかの信用組合が老舗銭湯のリノベーションのために無金利でお金を貸し付けたってニュースがあったし」

真鍋はそう言うと、つけ汁に浸したうどんをワシワシと飲み込み続けた。彼は豊洲2号店の情報を熱心に収集していた。真鍋の懐古主義は結局「流行りを追うよりセンス良さげだから」という理由で導入されているようだから、もし豊洲2号店が世間で話題になって、そこで働いていることが自慢になると判断したら、きっとすぐに態度を翻すだろう。でも、それは僕だって同じだ。寛人さんや沼田さんとは違って、僕たちはどこまでいってもよそ者だ。本業のPR会社でクリエイティブ部署への異動を有利にするとか、転職のネタにするとか、そんな下心で「考える会」の活動に従事しているに過ぎなかった。

「ええっ、こんなに太いの？　なんかもっとこう、冷や麦みたいに細くて食べやすいやつはないの？　あんなの食えないよ」

僕たちが食べている太くてゴワゴワしたうどんの山を覗き込んで、ちょうど今入店してきた高齢の夫婦が素っ頓狂な声を上げた。武蔵野うどんの専門店なんていう店の店主が、偏屈な人間でないはずがない。30代半ば、おそらく寛人さんと同い年くらいの男性店主は、頭に巻いたタオルをギュッと締め直して、声の先をギロリと睨《にら》みつけた。

「お客さん、出てってください。武蔵野うどんってのはね、ハードじゃなきゃいけないし、ハードであるほどいいんだ。悪いけど、ここはあんたらみたいな老人のための店じゃない。むしろ俺は老人が一口食ったら喉詰まらせて死ぬくらいのうどんを目指してんだよ！」

店主のハードな退場宣告に、キッチンで様子をうかがっていたバイトや、こんな光景に慣れっこの様子の常連客たちは、馬鹿にしたような乾いた笑い声をそれぞれ小さく発した。哀れにもこの店のほぼ全ての人たちの嘲笑の対象にされてしまった老夫婦は、何も言わずに背中を丸めてスゴスゴと退店していった。

「嫌なもん見たなぁ。歳を取るってのは嫌なことばっかりなのかもしれないなぁ。食べられるものも減ってゆくし、友達も貯金も、できることも行けるとこも減ってゆく。長生きすればするほど、そんな苦しみが増えてくのなら、むしろさっさと死にたいくらいかも」

先に会計を済ませて外で待っていた真鍋は、僕がガラガラと閉じた引き戸の向こうを眺めながらいかにも感慨深げにそう語るのだった。

その後、予定通り杉乃湯に行ってみると、番台が重苦しい空気に包まれていた。番台の中で頬杖をついている文子さんを、唐沢さんと寛人さんが囲んで、何やら小声で話していた。

「ああ、あんたら。ヨシミさんってひと知らない？　70歳くらいのおばあちゃん。商店街で見かけたとかでも、何でも良いんだけどさ」

唐沢さんが、縋《すが》るように僕たちに尋ねてきた。

「ヨシミさんって、誰ですか？　そもそもヨシミって苗字？　名前？」

「いや、それも分からん。常連のおばあちゃんなんだよ。常連といっても、せいぜい半年くらい前に初めて来たくらいだけど。とにかく、バイトの女の子が前に名前を聞いたら『ヨシミです』って言われたらしくて。そのヨシミさんが、ここ1ヶ月ほど、パタリと姿を見せなくなったんだよ」

寛人さんによると、ヨシミさんは「かかってるお医者さんに、銭湯に行くと良いからと言われて」杉乃湯に通い始めたそうだ。それ以外は、彼女について、誰も何も知らなかった。本名も、どこに誰と住んでいるかも、「銭湯に行くと良い」と助言したお医者さんが何科の先生なのかも、何もかも。

「元から知り合いじゃない限り、ほとんどのお客さんは番台とは話しても、他のお客さんとは話さないからねぇ。下町情緒だとか言うけど、実態はそんなもんだよ。ヨシミさん、1ヶ月前に、私から10枚綴りの回数券を3セット買って帰ったんだ。ゆうちょの封筒から、折り目だらけの千円札を何枚も出してね。せめて、急に施設に入ったとかだといいんだけど」

いつも明るい文子さんは珍しく沈んでいるようだった。そんな空気を変えようとしてか、唐沢さんがポツリとつぶやいた「家で黒湯みたいにドロドロになってないといいけど……」というブラックジョークは結果として空気をより重く、澱《よど》んだものにしてしまった。僕は喜楽湯のドロドロの黒い液体を思い出していた。

＊

「すみません、営業前のお忙しいときにお時間を頂戴してしまいまして」

約束の時間の5分前に現れた男の姿に、玄関先で待ち受けていた杉乃湯関係者たちは皆驚きを隠し切れない様子だった。「湯狂老人卍」は予想通り60歳前後ではあったが、こぎれいで清潔感に満ちていた。厚手でオーバーサイズの黒Tシャツに濃いグレーのハーフパンツ、足元は黒のゴツいダッドスニーカーと、いわゆるイケオジといった風情だった。ツーブロックに刈り上げた黒々した頭髪に、潤いに満ちた肌からは「現役感」が漂っている。

「ねぇ、なんか唐沢さんの上位互換って感じじゃない？　長袖ポロシャツにハンチング帽の、今にも死にそうなおじいちゃんが来ると思ってたのに」

興奮気味に耳打ちしてくる真鍋と同じ感想を、きっとみんなも抱いていたことだろう。無表情を装っていたが、ギュッと腕を組んで、男のことをキッと睨みつけている唐沢さんこそが、きっと一番衝撃を受けているに違いない。日々この杉乃湯で生まれる新しい変化を否定する「老害」が、実は自分よりも若々しい男だったのだから。それがナウい若者の格好であると信じて今日もアメカジを着て、頑張って若作りする唐沢さん。僕はそのとき、武蔵野うどん屋さんでアタフタとみっともなく戸惑う老人のことを思い出していた。

「まず、無礼にも杉乃湯さんを批判したことはお詫びさせてください。あのブログは、『趣味は立ち食いそば屋とAV女優のサイン会巡り』みたいな悪趣味なおじさんが書いている、という設定でして……。寛人さんのインタビュー記事は全部拝読しておりますし、銭湯業界を取り巻く環境が年々厳しくなってゆく中、新しいチャレンジが必要なことも理解しているつもりです。ただ、私はそれでも、昔ながらの銭湯文化の美風が未来に引き継がれることを願っているのです。杉乃湯さんにはポテンシャルがあるだけに、ついもったいないなと思ってしまって。今日はひとりの銭湯ファンとして、これからの銭湯が、銭湯文化がどうあるべきか、実務家の皆さんと意見交換ができればと参りました」

ラジオパーソナリティみたいな低く落ち着いた声だ。「湯狂老人卍」改め関根《せきね》さんは、営業前の浴場に集まった15名ほどの顔を、ゆっくりと見回した。彼が語る銭湯論や、その根拠として挙げられた銭湯の事例紹介を聞くに、彼はどうも銭湯のことを真摯に愛していて、実際に足繁くあちこちの銭湯に通ってお金を落としているようだった。その愛は寛人さんにもすぐに伝わったようで、例の杉乃湯法被を着た若き四代目は、時折深く頷きながら、真剣な面持ちでそれを聞いていた。

「いや、僕は今、本気で感動しているんです。銭湯経営者同士で語り合うことはあっても、こうやってお客さん目線で本音ベースの話を聞かせてくれる人って、なかなかいなくて……。変わることも、変わらないことも、結局正解はない中で、僕はどんな決断を下すべきか。今日はぜひ、関根さんの貴重な意見をたくさん聞かせてください」

一方、唐沢さんの顔は曇ったままだった。「湯狂老人卍」が意外にも非常にまともな男であったことも、寛人さんが関根さんに取り込まれつつあることも、彼にはまったく面白くないに違いない。

「黙って聞いてりゃ、分かったようなことをペラペラペラペラと喋りやがって。銭湯が毎週のように潰れてく時代に、文化だ何だとかって余裕があるかよ。お前みたいな部外者からすれば文化なのかもしれないけど、ヒロちゃんにとっては、じいちゃんやお袋さんとの思い出が詰まった、そして家族を養っていくための、大事な大事な家業なんだよ！　それを守るためにだよ、周りから『みっともない』

だとか後ろ指さされながらも、なりふり構わず頑張ってるヒロちゃんの覚悟の重みが、お前なんかに分かってたまるかよっ」

唐沢さんは唾を撒き散らしながら、ほとんど叫ぶように割り込んできた。いつもは明るく気さくな彼が、こんなにも余裕を失い、顔を真っ赤にして興奮しているのを僕は初めて見た。しかし、この手の討論会には慣れているのか、関根さんはそんな唐沢さんの勢いある主張を軽くいなすようにして反論を返す。

「まぁまぁ、落ち着いてくださいよ。あなたみたいな改革派の老人に、僕はたまに遭遇するんです。彼らはみんなこう言いますよ。『銭湯は変わらなくちゃ生き残れないんだよ』ってね。そうして、似合わないアメカジを着て、髪を茶色く染めて、好きでもないクラフトビールを無理して飲んだりする。なんでだと思いますか？」

関根さんは紳士的な態度と和《なご》やかな微笑を崩さないまま、「お前の弱点は知っているぞ」とばかりに、唐沢さんの目を挑発的に覗き込んだ。

「怖いんでしょう？　滅びゆく銭湯に、自分を重ねちゃうんでしょう？　変わらないまま、人生からいろんなものが転げ落ちてゆくのを、ただ立ち止まって眺めていることが怖くて仕方なくて、それで無理して……」

その途端、唐沢さんはそれまで座っていたプラスチックの椅子を蹴っ飛ばして素早く立ち上がったかと思うと、関根さんの両肩を乱暴に摑《つか》んだ。今日の営業からお披露目するはずだったクラフトビール風呂に、関根さんの上半身を突っ込んで沈めていく。

「ガボガボガボガボ！」

水中で関根さんが上げた叫び声が、気泡が暴れる音とともに浴場に鈍く響いた。咄嗟《とっさ》の出来事に、みんな一瞬、体が凍りついたように動けなくなってしまった。いち早く動き出すことに成功した寛人さんが、「押さえて！」と叫びながら唐沢さんをどうにか羽交《はが》い締めにした。僕たちも慌てて立ち上がる。しかし、「エニタイムで毎日筋トレしてるんだ」と嘯《うそぶ》いていた唐沢さんは、僕たち援軍が駆けつけるまでもなく寛人さんに軽々と引き倒されていた。関根さんは自力でノロノロと水中から上体を起こす。「めっちゃクラフトビールの味する……」と多少咳き込んではいるが、幸いにも無事のようだ。硬いタイルの床に肩を強くぶつけて呻《うめ》いている唐沢さんのほうが重症かもしれない。

「なんてことを……本当にすみません、本当に……」

当然といえば当然だが、寛人さんは唐沢さんのことを完全に放置して、クラフトビール風呂の脇に立つ関根さんに駆け寄って何度も何度も頭を下げた。そんな光景にショックを受けてしゃがみこむ唐沢さんの顔を、関根さんはニヤニヤと笑いながら見下している。

「可哀想にねぇ。老人ってのは、これだから惨《みじ》めですよ。無駄な抵抗じゃないですか。どうせじきに死んで、何もかも失うんだ。せいぜい努力して変わろうとしたところで、ほら、こうやって躓《つまず》いて、みっともなく落ちぶれていく。ここも出禁になるだろうしねぇ」

自尊心にとどめを刺されて、唐沢さんはもはや抵抗する気力も残っていないようだった。死体のように床に腹ばいになって転がっている。僕はそのとき、排水口に引っかかった白いビニールの破片と、ドロドロの黒湯のことをまた思い出していた。

「関根さん、そこまでにしてあげてくれませんか。暴力はもちろん擁護できませんが、唐沢さんは、うちの大事な常連さんです。僕のチャレンジを否定せず、応援してくれたお客さんは、唐沢さんだけだったんです。何が悪いって言うんですか？　終わりが見える人生をせめて可能性に満ちたものにしようと、みっともなく足掻くことは、別に恥じることではないと僕は思いますけど」

絞り出すようなか細い声で、寛人さんは唐沢さんを擁護した。まるでそれが、彼に対する最後の慈悲であるかのように。しかし勢いづいた関根さんは、醜いほどのニヤニヤ顔で、それすらも華麗に蹴っ飛ばしてみせた。

「いいえ、恥じるべきです。終わりが見える人生、みっともなく足掻く……今のは、杉乃湯さんの自己紹介ですか？　全部が中途半端なんですよ、今の杉乃湯は。昔のお客さんも大事にしたいし、若い新規客も大事にしたい。その結果がこれですよ。おたくの真鍋くんが、こっそり僕のオンラインサロンに参加していることを知っていますか？　老人には見限られ、若者には見透かされる。せめて、どっちかに決めたらどうです？　喜楽湯のように美しく滅びるか、花田湯のようにみっともなく生き延びるか。全部あなたのせいですよ、寛人さん。あなたが何ひとつ決断しないから、杉乃湯はみっともなく死ぬしかないんです。この床に這いつくばっている老人みたいにね」

そのとき、ふと沼田さんの姿が目に入った。激しい論争に備えて分厚い一問一答集を用意して、甲斐甲斐しく寛人さんの脇に控える彼は、まるで入力信号を待つロボットのように、いつもの笑顔を浮かべてただ突っ立っている。右往左往する数多くの若者たちに取り囲まれながら、しかし一人だけピクリとも動かない彼は、少なくとも若者なんかではない、何か異質な存在のように見えた。

＊

8月に入ると高円寺の街は月末の阿波踊りに向けて、どこか浮足立ち始める。それとは対照的に、杉乃湯には重苦しい空気が満ちていた。あの事件を境に、寛人さんはスタッフ控室や番台で、いかにも考え込むような様子が続いている。それを見た真鍋は「きっと豊洲の2号店について考えてるんだよ」と自説を披露した。

「さすがに、関根さん事件が効いて、2号店をどうすべきか今更考え始めたんじゃない？　これを機に、ぜんぶ昔ながらの銭湯に戻しちゃえばいいんだ！　実際、寛人さんの評判は悪いよ。人脈パーティで聞きつけた情報とか、売りつけられた商品とかを片っ端から杉乃湯に持ち込んでるだけで、哲学や信念みたいなものが何もないじゃん。それを咎《とが》めない沼田さんも同罪だよ。もし2号店でふざけたことをするつもりなら、二人で一緒に、高円寺からも出ていってくれればいいのに」

今や反改革路線を少しも隠さなくなった真鍋が、洗い場で大きな声で堂々と言い放った。そんな真鍋の声など聞こえないといったふうに、老人たちは石像みたいに黙ってじっとミルク風呂に浸かっている。

「てっきり、真鍋はもう杉乃湯にも、考える会の活動にも来ないと思ってたよ。そうしたら、僕が二代目編集長になれたかもしれないのに」と、僕は努めて明るく軽口を叩いた。最近はどうも、みんなから公然と批判されっぱなしの寛人さんのことが、なんだか可哀そうに思えてきたのだ。

「やっぱり杉乃湯はいい銭湯だよ。関根さんの言うとおり、日本の銭湯文化をリードするポテンシャルがあるはずなんだ。寛人さんたちは、きっと2号店にフルコミットするだろうし、そうなればここは、クラシックな銭湯に戻るかもしれないでしょ？　僕はその可能性に賭けてるし、もし考える会も高円寺と豊洲でチームが分かれるんだとしたら、僕は絶対に高円寺のほうにジョインするつもりだよ。ねぇ、そうなったら、どっちにする？」

真鍋は誇らしげに僕のほうに顔を向ける。そこに浮かんだ笑顔の清々《すがすが》しさたるや。少なくとも彼は、「どっちの銭湯にするか？」という質問に、自分なりの答えを見つけたことの満足感に心ゆくまで浸っているに違いない。

では僕は？　真鍋が残るなら僕も残ろうか、でも寛人さんが可哀そうだからついて行ってやろうか――結局、自分の力で自分の進む道を決めることができないままでいる。

「そうだね。僕も早いうちに、どっちにするか決めなきゃね」

そうしないと、僕も永遠に、寛人さんのようになってしまうかもしれない。そうなったときに、不幸にも僕の傍には沼田さんがいないのだから。

「杉乃湯は豊洲に進出することになりました。もう内装工事は結構進んでいるし、考える会のみんなにも運営を手伝ってもらうかもしれないから、来週視察に行かない？」

次の定例ミーティングで、寛人さんはそう明るく発表した。他のメンバーたちもどこかから情報を仕入れていたようで、動揺している人はいなかった。豊洲と高円寺、どちらを選ぶべきか？　真鍋がそうだったように、みんな悩んでいるのだろう。視察は、その貴重な判断材料を得るチャンスになるはずだと、僕たちは来週が来るのをソワソワと楽しみに待っていた。

＊

「えっ……。サウナ入れるんですか？」

まだ床や壁のタイルは貼られていないが、コンクリートの躯体《くたい》のおかげで完成形が概ね想像できる状態の工事現場で、ヘルメットをかぶった真鍋が絶句していた。浴場の奥、ドアが取り付けられるであろう狭い開口部の向こうには、洞窟のような階段状の空間が広がっている。きっとそれが結構な大きさのサウナになるであろうことは、建築知識を持たない僕にだってすぐに分かった。

「うん、豊洲は若くてトレンドに敏感なビジネスパーソンが多い街だから、やっぱりサウナは必須だなと思って。もちろん、水風呂もかなり大きいのを用意するし、チラーを仕込んでキンキンに冷やすつもりだよ。花田湯さんには、サウナ関係の仕様について色々とアドバイスを貰ったんだ。あそこは実に面白くて、参考にすべき銭湯だよね」

　自信満々な寛人さんに対し、真鍋は「まあ、そうですね」だなんて適当に返していたが、その目には軽蔑すら浮かんでいた。

「番台の周りは広いコミュニティスペースにして、高円寺で実験していたマルシェやＤＪイベントだけじゃなく、子供向けワークショップなんかも毎日やるつもりなんだ。クラフトビールもタップを複数設置するし、クラフトビール風呂も定番にしたい。考える会のみんなのおかげで、コミュニティ型銭湯というコンセプトに自信と確証を持つことができた。みんなには是非、これからは豊洲を舞台にチャレンジを継続してほしいと思ってるんだ。どうかな？」

　寛人さんは同情を誘うような不安げな目で、ヘルメットの下のみんなの顔を順番に覗き込んだ。真鍋以外のみんなは態度を明らかにせず、互いにチラチラと視線を交わしていた。寛人さんは「まぁ、オープンは来年の春だし、それまでにゆっくり決めてくれたらいいよ」と、いつものように明るく笑ってみせた。

　おそらく図面は何ヶ月も前に、もしかすると考える会が発足するよりも前に固まっていたのだろう。時折、寛人さんが沼田さんを連れて出かけていたのも、工事現場の視察や、設計事務所での打ち合わせだったのかもしれない。つまり、寛人さんは自分が進むべき方向を、関根さん事件のずっと前から、無事に決めていたのだ。だとすると、ここ数週間、寛人さんがずっと悩んでいたことは一体何だったんだろうか？

視察を終えた僕たちは、豊洲の街を歩いて回った。タワマンと、大きなモールと、人工的な公園ばかりがある街。道路はまっすぐで広く、ベビーカーを急ぎ足で押すお母さんたちで埋まっていた。どこにいても子供の泣き声が聞こえ、海の匂いがした。ここは、高円寺とは何もかも違う。まるで、高円寺から世界で一番遠い場所に来たような気分になった。

炎天下に疲れて会話も少なくなった僕たちに、寛人さんは「あそこにクラフトビールのお店があるよ！　窓際の席から海も見えて気持ちいいんじゃないかな」と明るく提案した。もう頭が回らなくなっていた僕たちは、彼に指示されるままに、ノロノロとショッピングモールに入っている大箱のビアバーに入店した。QRコードを読み取って各自注文する仕組みで、僕たちはもう声を出す方法を忘れてしまったかのように、黙ってスマホを弄《いじ》った。店員さんがビールを持ってくると、寛人さんの発声に促されてみな無言でジョッキをぶつける。僕が適当に選んだ湘南産のラガーは、いつも杉乃湯で飲んでいるものよりも格段においしかった。薄々気が付いていたけれど、寛人さんはあのクラフトビールを味で選んでいたわけではなく、本当にただ「人脈」によって押しつけられていたのかもしれない。

「そういえば、今日は沼田さん来てないんですね」

沈黙を破るように、真鍋が誰に向けてでもなく、ポツリと呟いた。

「ああ、誘ったんだけどね。何か予定があるんじゃないかな、今でも通院とかあるみたいだし」

窓の外の海を眺めながら、寛人さんがこれまたポツリと呟いたかと思うと、急に何かを決意したとでもいうように、手をポン！　と叩いて、目をギラギラと輝かせ始めた。

「やっぱり、みんなには本当の事を話そうと思う。高円寺の杉乃湯は……閉店することに決めたんだ。豊洲は2号店じゃない、これからは豊洲店こそが唯一の杉乃湯なんだ。だから、みんなには今決めてほしい。今、ここで。豊洲店を選んで、これからも杉乃湯のために働いてくれるのか、それとも高円寺店を選んで、半年後には杉乃湯から永遠に離れるのか」

「ちょ、ちょっと待ってくださいよっ！　そんなこといきなり言われても……。なんで高円寺のほうを閉めちゃうんですか？　常連客はまだまだたくさんいるし、何より、あそこはまさしく銭湯文化遺産じゃないですか！　そんな銭湯を、そうやすやすと潰すなんて」

さっきまで腑抜けた顔をしていた真鍋が、ものすごい勢いで寛人さんに嚙み付いた。他の会員たちもみんな不安げな表情でそれを見守っている。一方で寛人さんは、隠し事を家族同然のメンバーたちにようやく明らかにできたことに安心したのか、怖いくらいに明るい表情のままだった。彼はいつかの真鍋がそうしていたように、決断した人間の清々しい満足感に存分に浸っているようにも見えた。

「いや、僕はもう決めたんだ。実は先月、ちょうど公開討論の直後なんだけど、妻の妊娠が分かったんだ。子供が生まれると思うと、やっぱり家業を継いでほしいし、継がせる以上は、ちゃんとそれで食っていけるような環境を整えてあげたいと思ってね。高円寺の杉乃湯は、多少のマイナーチェンジをしたところで、関根さんの言う通り先細りだと思うしさ。いっそ銭湯を潰して、マンションにしてしまおうと決めたんだよ。そう、僕は決めたんだ！　豊洲の銭湯は高円寺より稼げるだろうし、マンションのほうの家賃収入も盤石だろうしね。決断するにあたっては、喜楽湯の宮木さんが相談に乗ってくれたよ。いやぁ、人脈には本当に恵まれたなぁ。パーティや勉強会には出とくもんだね」

突然の告白、それも弾むような楽しい口調で告げられたそれに、みんな再び凍り付いてしまっていた。まるで唐沢さんがあの事件を起こしたときのようだ。凍り付いたのは僕も同じだが、頭だけは明《めい》晰《せき》に動き続けていた。ここ数週間、寛人さんを悩ませていたものの正体を、僕はようやく理解できた
――しかし、彼が自慢げに見せびらかしている、この清々しさの薄っぺらさは何だろう？

「僕は、遂に決めたんだよ！　家業とか、歴史とか、責任とか、色んなものを背負いながらも、みん

なの助けを借りて、ようやく答えを出すことができた！　僕はこの決断に自信を持っているし、誇りすら感じているよ。さぁ、みんなにも決めてほしい。中途半端はダメだ、みんなの本気を、僕と新生杉乃湯にぶつけてほしいんだ！　さぁ！」

　沈黙。みんな沈黙したままだった。その沈黙をやぶったのは、またも真鍋だった。

「……呆れました。失望していますよ。それに、ズルいですよ、寛人さんは。結局あなたは、なんでも人のせいだ。何も自分で決めていない。そうじゃないですか？　銭湯経営を代々やっている家に偶然生まれたとか、他の人からあれこれ言われたとか、子供が生まれるとか。どれも全部、あなたが苦労せずに与えられたものばかりじゃないですかっ。そのうえ、関根さんのせいにまでして……。銭湯がバタバタ潰れる時代だってことすらも、寛人さんにとっては幸運だったんでしょう？　だって、そのおかげで、あなたはこれからどうやって生きていくのか決められたんですから！」

　それはきっと、真鍋の切実な心の叫びだったのだろう。どっちの銭湯が好きかなんていう、長い人生にとってはどうでもいいこと一つを決めるだけでも、僕たちはあれこれ悩み、揺らぎ、最後は誰かのせいにしてしまったりもする。真鍋が最終的に寛人さんではなく関根さんを選んだことの背景にも、きっと何かしら苦しみや後悔が混ざっているのだろう。しかし寛人さんは、こうも晴れ晴れとした顔をしている。この違いは、一体何なんだろうか？

「違うんです。この人は、愛されて生きてきて、幸いにもこれまで潰されることを免れてきた、ただ優しい人なんです。何が正解とか、誰を優先して誰を切り捨てるとか、そういうことを決めることが、どうしてもできない人なんです」

　今となっては分かる。沼田さんが言っていたことは、完全に当たっていた。寛人さんはきっと、生まれつきそういう人なのだ。誰のことも等しく愛していて、誰の言うことも等しく信じて、それらをひとつひとつ、片っ端から拾い上げてやろうとする。もちろん、普通の人はそんなことできない。疑わしいものは排除するし、拾い上げたものをすべて実現するなんて無理に決まっている。しかし、寛人さんの善人過ぎるほどの素直さと、そして沼田さんの病的な献身があれば、ここ半年ほどの杉乃湯がそうであったように、寛人さんはどこにも辿り着くことのない人生を、意図的に流されながら永遠に継続できるのだ。

ただ、今回の決断は、これまで寛人さんが杉乃湯でやってきたような、クラフトビールを置くとかDJイベントをやるとかいう無害なものとは明らかに異なる。そこには切り捨てられた人たちがいる。寛人さんを信じてついてきた考える会のメンバーたちや、杉乃湯を何十年もの間支えてきた常連客たち。優しい寛人さんに、かつて彼を愛した人たちを喜んで切り捨てさせるような、そんな残酷な決断に誘導した人間が、もしかすると彼のすぐ傍に——。

「沼田さんは、どうするんですか?」

そんな言葉が、ほとんど無意識のうちに僕の口をついて出た。真鍋の追及に窮していた寛人さんは、助かったとでも言うように、いつもの表情を取り戻した。

「沼田くん? ああ、彼にはもちろん、豊洲を手伝ってもらうよ。今回の決断も、実を言うとほとんどが沼田くんのアイデアだし、そのうえ、彼はその実現のために駆け回ってくれたんだ。いやぁ、沼田くんは素晴らしいパートナーだよ。本当に彼と出会えてよかった。僕はもう彼なしに生きていけないし、きっと彼ももう、僕なしには生きていけないだろうから」

「寛人さん、豊洲の杉乃湯、手伝わせてくれませんか?」

結局、豊洲のクラフトビール屋さんで、寛人さんについていくことを表明した人は誰もいなかった。

僕を除いて。真鍋は呆れていたし、僕は自分の決断を説明するだけの十分な理屈を持っていなかった。何でもいいから選ばないと、一生決断できない人間になってしまう気がして、それがただ怖かっただけなのかもしれない。そんな不真面目な決断だった。

視察の翌週、寛人さんは定例ミーティングの最後にそう宣言した。

「考える会は、今日をもって解散します。もともと、豊洲店の運営体制を検討するためのテストとして始めた組織でしたから、これは発展的な解散なんです。短い間でしたが、ついてきてくれた皆さんには感謝しています」

＊

それから半年が経ち、杉乃湯は最終営業日を迎えた。朝8時に杉乃湯に行くと、そこにいたのは寛人さん、それから沼田さんだけだった。僕たちは黙って服を脱ぎ、黙って頭と体を洗い、そしてミルク風呂に浸かった。

「いい銭湯だったね」

寛人さんが、あっけらかんと呟く。

「ええ、いい銭湯でした」

寛人さんの隣にいる沼田さんが、自動応答のような呟きを返す。

今日も彼の顔には、いつものあの笑みが貼り付いている。昨日もそうだったし、明日もそうだろう。自力では何もできず、空虚な願望を口から吐き出し続ける男が永遠に走り続けるための力を、彼は明日も、明後日も、考えることをやめた機械のように、死ぬまで与え続けるつもりなのだろうか？　寛人さんと、二度とほどけないほどに結びついてひとつになる。そうして、自分を信じてくれた人たちを容易《たやす》く裏切り、無責任に置き去り、通り過ぎたあとをすべて廃墟にしてゆくような人生を、これから一生続けるつもりなのだろうか？　その理由は憎しみなのか、歪《ゆが》んだ愛なのか、あるいはここにはもういない誰かへの、僕には想像もできない感情のためなのか――僕には何一つわからなかった。

「じゃ、僕は上がるから」

名残惜しさなど一切感じさせないさっぱりとした口調で、寛人さんがミルク風呂から上がった。ちゃぽり、という間の抜けた音を立てて、僕もそれに続く。そして振り返る。

無音。そこには、もう声どころか音すら発しない、いやに肌の白い男の顔が浮かんでいた。永遠にそこから動かないと決意したような、爽やかというよりも、意思を失った老人のような、安らかな表情の顔。「余生」という言葉が脳裏に浮かんだ。そう、彼はきっと、早すぎる余生を過ごしているのだ。それが一秒、また一秒と過ぎゆくのを、ただニコニコと笑いながら眺めている――。

脱衣所に戻る。ここからミルク風呂は見えないが、沼田さんはきっとまだお湯に浸かっている。明日には早くも解体工事が始まり、醜い廃材の山になることが運命付けられている白く美しい銭湯。彼にとって、ここは寛人さんとの未来を祝福する荘厳な聖堂、あるいは穏やかな死後の世界なのかもしれない。僕は自分の若い肌のあちこちにへばりついた雫を、バスタオルで執拗に拭き取った。寛人さんはもう脱衣所を出ていってしまったらしい。僕も、さっさと服を着て外に出ることにする。こんな場所にこれ以上いる必要はないだろう。

暖簾をかき分けて建物を出る。見上げた冬の空はどこまでも低く、汚らしい灰色の雲に隙間なく覆われている。寛人さんの姿は見えないし、色彩を失ったような退屈な住宅街に、僕が行くべき場所を親切にも示してくれるものは存在しない。

顔の見えない人びとが立てる微《かす》かな、しかし耳障《みみざわ》りな生活音が路地を埋め尽くしている。ただ淡々と人生を送ることを選んだ無数の人たちの存在が、今は恐ろしい群れに思えた。彼らの発する音は無数の透明な手となって、僕のことを責め、引き止めるように、肌にぴっちりとまとわりつく。

そうだ。僕は一体、これからどこへ行くのだろう？　どこへ行けばいいのだろう？　不真面目に選んだ場所へ辿り着いたとして、僕は望んでいたものを得られるだろうか？　あるいは、いっそ引き返して……。


僕の足はもう、動かなくなってしまった。

麻布競馬場（あざぶけいばじょう）

1991年生まれ。慶應義塾大学卒。2021年からTwitterに投稿していた小説が「タワマン文学」として話題になる。2022年、ショートストーリー集『この部屋から東京タワーは永遠に見えない』でデビュー。

初出
「別冊文藝春秋」2023年3月号・5月号・9月号・11月号

令和《れいわ》元年《がんねん》の人生《じんせい》ゲーム

2024年２月25日　第1刷発行
2024年12月25日　第5刷発行

著　者　麻《あざ》布《ぶ》競《けい》馬《ば》場《じょう》

発行者　花田朋子

発行所　株式会社 文藝春秋

〒102-8008　東京都千代田区紀尾井町 3-23
電話　03-3265-1211（代）

印刷所　大日本印刷

製本所　大日本印刷

ISBN978-4-16-391808-2